나는 작은 옷 가게

———

사장님 입니다

KB057767

스토리
인시리즈
06

자신만의 가치, 행복, 여행, 일과 삶 등 소소한 일상에서 열정적인 당신에게…
하루하루의 글쓰기, 마음에 저장해둔 여러분의 이야기와 함께합니다.

첫 원고부터 마지막까지, 생활출판 프로젝트 '스토리인' 시리즈

나는 작은 옷 가게 사장님입니다

초판 1쇄 발행 2020년 10월 20일

지은이. 강은미

ISBN
978-89-6529-249-4 (03800)
13,800원

이 도서의 국립중앙도서관
출판예정도서목록(CIP)은
서지정보유통지원시스템 홈페이지
(http://seoji.nl.go.kr)와 국가자료
공동목록시스템(www.nl.go.kr/
kolisnet)에서 이용하실 수 있습니다.
CIP제어번호: CIP2020042148

발행. 김태영
발행처. 도서출판 씽크스마트
서울특별시 마포구 토정로 222(신수동)
한국출판콘텐츠센터 401호
전화. 02-323-5609 / 070-8836-8837
팩스. 02-337-5608
메일. kty0651@hanmail.net

도서출판 사이다
사람의 가치를 밝히며 서로가 서로의
삶을 세워주는 세상을 만드는 데 필요한
사람과 사람을 이어주는 다리의 줄임말이며
씽크스마트의 임프린트입니다.

씽크스마트 · 더 큰 세상으로 통하는 길
도서출판 사이다 · 사람과 사람을 이어주는 다리

나는 작은 옷 가게

사장님 입니다

강은미 에세이

목차

제1장 나는 옷 가게 사장님입니다

제2장 옷을 팔아야 하는 사람과 옷을 사야 하는 사람

제5장 동대문, 신세계로 가는 문

　내가 새로운 시작을 할 나이에 엄마의 인생에도 새로운 시작이 찾아왔다.

　10대가 끝나고 앞자리가 바뀌어 스무 살 성인이 되던 2011년의 어느 날, 엄마는 치과를 그만두고 옷 가게를 하겠다고 했다. 나에게 많은 변화가 있었던 시기에 엄마의 변화도 시작되었다. 스무 살이 되면서 마주한 세상은 내가 생각했던 것처럼 흘러가지도 않았고 원하는 게 있어도 이루어지지 않았기 때문에, 마흔이 넘은 엄마의 낯선 시작은 걱정이 되었다. 그럼에도 엄마의 선택을 믿을 수밖에 없었다.

　나의 20대. 대학생활, 아르바이트, 연애 그리고 졸업과 취업 등 많은 일을 하는 동안 엄마는 엄마만의 '옷 가게 에피소드'가 생기고 있었다.

　어느덧 9년이 흘러 20대의 끝이 왔다. 또 다시 앞자리가 바뀌기 전인 2020년. 엄마는 책을 쓰기 시작했고 나는 요즘 엄마의 글을 읽으며 하루하루를 보내고 있다.

　내가 보는 엄마는 타고난 장사꾼은 아니다. 그렇지만 많은 일에 최선을 다하려는 사람이다. 엄마의 글을 읽으며 새로운 시작은 20대에만 할 수 있는 것이 아니라는 걸 알게 되었다.

— 큰딸 **지언**

'소확행'의 시대다. 옷 가게 사장님의 삶의 궤적에도 마음이 끌리는 이유다. 아줌마들의 소소한 일상이 작은 미소를 띠게 한다. 만남과 인연에 대한 추억이 선승(禪僧)의 법문처럼 온몸으로 젖아든다. 그동안 소홀했던 나와 우리를 발견하는 기쁨을 '달달 슈가'의 에피소드에서 같이 누리길 권하고 싶다.

— 연세대 로스쿨 교수 **김종철**

우리는 나를 사랑하는 사람이 되고 싶어 한다. 하지만 그게 참 어렵다. 세상은 닿을 수 없는 욕망으로 가득하고, 우리는 행복한 순간보다 권태롭게 여기는 시간이 많기 때문이다. 아마도 저자는 우리가 되고 싶은 사람이지 싶다. 자신에게 오는 시간을, 자신에게 오는 물음을 지그시 응시하는 힘이 있기 때문이다. 그 느낌표 가득한 문장에 기대어 하루를 살아보는 것도 좋은 일이라 생각한다.

— '좋아서하는 카페' 운영자이자 〈경남도민일보〉 시민기자 **정인한**

자신의 일을 그저 돈을 벌기 위한 생계 수단으로 바라보거나 혹은 여가 시간에 좋아하는 일을 하는 대신 돈을 버는 일로 연결 짓는 경우는 주변에서 많이 볼 수 있다. 하지만 거기에 그치지 않고, 자신의 일에 의미를 부여하여 보람을 찾고 그 결과물을 만들어내는 경우는 흔하지 않다. 나의 새로운 인생을 시작하는 즈음에 만난 '슈가' 언니가 바로 그 주인공이다. 자신에게 주어진 상황에 최선을 다해 긍정적인 모습으로 살아가는, 아름다운 그녀의 이야기! 눈물도 웃음도 함께하는 재미난 그녀의 이야기! 많은 이의 공감을 불러일으키기에 충분하다 여겨진다.

— 고운동 카페주인 **효정**

그는 봄날의 온기를 모아두었다가 누구에게든 한 보따리 건네주는 사람입니다. 옷 가게도, 책도 이런 주인에게서 비껴나 있지 않습니다. '슈가'의 책갈피를 한장 한장 넘기면서 쏟아지는 위로와 일상의 의미를 따뜻하게 걸쳐볼 수 있어 좋았습니다.

— 동네 책방 '숲으로 된 성벽' **선생님**

2018년 5월, 그때 그녀는 제주 한 달 살기를 한다고 떠났고 나는 일주일의 휴가를 얻어 그녀의 곁에 머물렀다. 지금 생각해보면 참 눈치도 없었던 것 같다. 언제든 오라고 환영했지만 그때 그녀는 글 쓰는 작업을 하고 있었던 거였다. 덕분에 잘 쉬고 잘 먹고 즐기고 왔지만 그녀의 알토란 같은 긴 시간을 뺏어버린 셈이었다. 미안했다. 하지만 그때 같이 보낸 일주일도 그녀의 글 속에 추억으로 오롯이 담겨 있을 것이고, 훗날 나에게도 위안이 될 추억의 하나가 될 것이기에 더 이상 미안해하지 않기로 했다.

40년이란 긴 세월 동안, 한 끼의 식사와 편지와 여행을 통해 만나온 그녀의 글은 늘 고개를 끄덕이게 한다. 옷 가게를 하면서 소소한 이야기를 담은 이 책의 공감 어린 사연들은 자연스레 머무르게 하는 휴식의 언덕이다.

— 40년째 그녀 친구 **강서정**

10년이면 강산도 변한다는데, 강은미 저자는 9년이라는 시간을 단순히 옷만 판 것이 아니라 수많은 사람에게 자신감을 입혀주고 희로애락을 같이 나누며 자신도 함께 성숙된 중년의 모습으로 살아냈다. 이 책에는 그 과정이 아름답게 그려져 있다. "사람 관계에 일방통행은 없다. 언제나 오고 가는 것이지만 때론 손해를 볼 때도 있다. 마음을 준 만큼 받을 것이라는 생각으로 장사를 하면 안 된다. 물건을 팔고 돈을 버는 일이지만 사람 사이의 정에서는 내가 더 준다는 생각을 잊으면 안 된다"고 말하는 저자의 따뜻한 마음과 정감이 흘러넘친다.

한 번쯤은 그녀의 옷 가게로 들어가 차와 함께 일상생활을 나누며 소확행을 누리고 싶다. 또 하나의 터닝 포인트가 될 〈나는 작은 옷 가게 사장님입니다〉 출간을 축하한다.

— 밀양 뚝방에서 **윤정미**

SNS에 실린 일상의 이야기를 읽으며 언젠가는 사고 칠 줄 알았다. 늘 책과 가까이 계시더니 역시 그냥 이루어지는 일은 없구나 싶었다. 따뜻한 시선으로 엮어간 감성 '슈가'님의 글이 드디어 책으로 빛을 보게 되어 축하드리고 응원한다.

— '썸띵스윗' **고영신**

노트에 글을 쓰는 습관이 사라진 지 꽤 오래되었다. 글을 써본 게 언제인지 기억이 나지 않을 때, 사람 좋아 종종 들르던 작은 옷 가게 사장님이 책을 내게 되었다며 환하게 웃었다. 맘만 좋은 사람인 줄 알았더니, 사진도 찍고 글도 쓰고 가진 재주가 많은 사람이었다. '슈가'님의 이야기를 읽고 공감하며, 더욱더 따뜻한 사람임을 알게 되었다. 그리고 나도 다시 글을 쓰기 시작했다.

— 아는 사람 **캐롤라인**

사진을 시작하면서 대단한 작품을 찍겠다고 생각했다. 하지만 세상을 들여다보면서 소소한 풍경이 대단한 것임을 깨달았다. 세상의 모든 것은 일상의 연장선에 있으며 일상을 통해 바라본다는 것을 알았다. 내가 소소한 풍경을 사진으로 표현하듯이 강은미 저자는 일상을 그녀만의 감성으로 소담하고 감미롭게 이야기를 들려준다. 글을 읽는 동안 아줌마들의 행복한 수다가 사진으로 보는 듯 눈에 그려진다.

— 사진가 **김창섭**

사람들은 스타벅스에서 커피를 마십니다. 하지만 그들의 몸으로 스며드는 건 편안함입니다. 커피가 아닌, 집에 머무는 것 같은 편안함을 사는 겁니다.

저자는 옷 가게 사장님입니다. 내부에 걸려 있는 건 옷들이지만 고객이 들고 나서는 가방 안에는 인생이 담겨 있습니다. 기쁨과 슬픔 그리고 걱정과 바람이 곱게 채워져 있습니다.

지금 힘들고 지치셨나요? 그렇다면 저자의 옷 가게에 한

번 들러보세요. 그곳에는 당신의 마음을 채워줄 인생 이야기와 사람 좋은 사장님이 기다리고 계시니까요.

— 강박증 전문 변화심리상담센터 굿바이강박연구소 소장 **권재경**

어려운 시대다. 경기 침체와 코로나19 사태. 똑 부러지는 해답이 없다. 혼란스럽고 막막하다. 자신만의 길을 찾아 힘든 상황을 이겨냈다는 사례를 책이나 강연으로 접하기도 하지만, 나와는 거리가 멀다는 생각에 허탈하기만 하다.

9년간 동네 작은 옷 가게를 운영했다는 사람이 책을 냈다. 특별한 이야기도 아니고 성공 스토리도 아니다. 그런데 마음이 간다. 고개가 끄덕여진다. 웃음이 터지기도 하고, 눈물이 흐르기도 한다. 작가의 이야기인데 나를 만나는 듯하다. 그래. 살아가는 모양새는 크게 다르지 않다. 무엇을 느끼고 어떻게 받아들일 것인가. 중요한 건 마음가짐과 노력이다.

실패와 좌절이 나를 얼마나 성숙하게 만들 수 있는지를 알았다.

저자는 직장을 그만두고 자영업을 시작했다. 먹고 살기 위해 시작한 '장사'는 삶을 새롭게 바라보는 '업'이 되었다.

시련과 고통을 겪으며 성장했고, 도전 앞에 당당할 수 있는 자신감과 용기를 배웠다. 서툰 글 솜씨라며 여전히 얼굴을 붉히지만, 그 소중한 경험과 메시지는 독자들에게 전해질만 하다.

타인의 삶을 읽는 것만큼 귀한 경험은 없다. 저자의 이야기가 지금을 살아가는 이들에게 위안과 희망 줄 수 있기를 간절히 바라본다.

— 자이언트 북 컨설팅 대표 **이은대**

'문득' 하고 싶어서 시작한 일

어느 날, 내가 옷 가게를 만 9년째 운영하면서 경험한 일들과 그동안 만난 손님들에 대한 평범한 이야기를 '문득' 글로 쓰고 싶다는 생각이 들었다.

그리고 나는 오래전부터 준비해오고 있었던 것처럼 초고를 술술 써 내려갔다.

이렇게 우연하게 나의 이야기를 쓰겠다고 했지만 우연인 듯 보이는 이 모든 것이 결코 그냥 시작된 것은 아닐 테다. 언젠가는 글로 쓰겠다는 생각이 마음속 깊은 곳에서 나 자신도 모르게 계속 반복되고 있었을 것이다. 그랬기에 어느 날, 어느 순간, 때론 '문득'이라는 말들이 나오게 되는 것이다. 그래서 '문득'은 깊고 오랜 시간 푹 곤 진국처럼 진하고 힘이 있는 것 같다.

　고작 작은 옷 가게 하나다. 대단한 일을 한 것도 아니고 큰 사업을 하는 것도 아니다. 여자라면 누구나 나만의 작은 공간 하나쯤은 갖고 싶은 소망이 있을 것이다. 이왕이면 좋아하는 일을 하면서 돈도 벌고 꿈도 이루어가는 것. 이 얼마나 행복한 일상인지 가끔 '내가 이렇게 행복해도 되나?' 하는 생각이 들 만큼 벅차기도 했다. 큰 부자가 되고 기쁨이 커서 행복한 것이 아니라 무탈한 일상이 행복이라는 것을 알아가고 있었다. 내 인생에서 가장 빛나던 시절이었다고 생각되는 지난 9년 동안 옷 가게 이야기를 쓰고 싶었다. 물론 이전에도 열심히 살았지만 아무리 열심히 살아도 기회가 주어지지 않는다. 하지만 '나의 일'을 시작하고부터는 열심히 하는 만큼 성과가 나타났다. 내가 하는 만큼 결과가 바로바로 보인다는 것은 신나고 즐겁고 뿌듯한 일이었다.

　우리 가게에 오는 손님들은 대부분 평범한 아줌마들이다. 명품 가방을 들지 않아도 만족할 줄 아는 보통의 주부들이다. 이런 아줌마들의 시장 옷에 대한 이야기는 읽히면 안 되는 것일까? 동대문 패션을 일컫는 말, DDM 패션. 아줌마들은 이런 DDM 옷도 선뜻 사 입지 못하고 몇 번을 들었다 놨다 고민을 하고 구매한다. 아침부터 저녁때까지 일을 하고 집에 가면 또 집안일이 기다리고 있는 슈퍼우먼이지만 본인의 옷을 사 들고 들어갈 때 자녀들 눈치를 보며 남편에게 미안하다고 말한다. 그나마 자기 직업이 있으면 쇼핑을 주기적으로 하지만 전업주부의 경우는 계산기를 여러 번 두드리고 또 두드린다. 이렇게 보통의 주부들, 엄마들이 동네 옷 가게에서 찾는 소소한 즐거움에 대한 이야기는 시선을 끌지 못할까? 내 이야기이며 친구나 언니 이야기 같아서 더 많이 공감할 것 같았다. 과소비를 미화하거나 소비를 부추기는 이야기도 아니고 사치나 낭비에 대한 이야기도 아니다.

나는 멋진 사진을 찍기 위해 히말라야 산맥을 촬영하느라고 비싼 헬기를 빌릴 수가 없으며, 여행 일기를 쓰기 위해 런던이나 파리의 어느 호텔에서 지낼 수가 없다. 그래서 우리 집 거실에 앉아 돋보기를 쓰고 느린 타자로 톡톡 두드리며 이렇게 소소한 일상을 글로 적었다. 유명한 작가의 글이나 훌륭한 직업을 가진 사람이 쓴 책은 읽기 전부터 화려한 이력이나 스펙이 책표지에 광고 문구처럼 새겨져 있다. 독자들은 책을 읽기 전에 작가의 이력을 본다. 그리고 자신들의 평범함과는 다른 삶에 이미 '와~' 하고 감탄사부터 플러스로 장착하고 책의 첫 페이지를 열 것이다. 나도 그랬으니까.

어려운 문장을 쓸 필요도 없고, 없는 일을 지어내는 것도 아니기에 그냥 편안하게 회상하면서 썼다. 평소 책을 잘 안 읽는 사람이라도 한 번쯤 호기심에 내가 쓴 책을 읽을 수 있기를 바라는 욕심은 있다. 내세울 이력은 없으니 '이 아줌마 뭐지?' 궁금해하면서 읽었으면 좋겠다.

강은미

제1장

나는 옷 가게 사장님입니다

1. 잡지 않으면 그것은 기회가 아니다

　퇴근 시간 유일한 낙은 병원 근처 상가에 있는 작은 옷 가게를 가끔 들르는 일이었다.

　원래부터 옷을 좋아했고 마산과 창원에 살 때는 백화점 쇼핑을 자주 다녔는데 장유로 이사를 오고 나서는 쇼핑할 곳이 없었다. 장유는 신도시였으며 아파트 단지가 많은 베드타운이었다. 토박이보다는 외지에서 이주한 젊은 부부들이 대부분이었다. 꼭 필요한 은행과 병원, 가게들이 생기기 시작했지만 마땅히 옷을 사 입을 만한 곳은 없었다. 그러다 퇴근길에 들르던 작은 옷 가게의 단골이 되면서 내가 좋아하는 스타일의 옷을 살 수가 있었다. 직업이 치과위생사였기에 출근하면 유니폼으로 갈아입었다. 때문에 옷이 그다지 필요하지 않은 것 같은데도 옷은 늘 사고 싶었다.

　단골 옷 가게 주인은 나보다 네 살 아래였다. 그녀도 장유로 이사 온 지 몇 년이나 되었고 많은 사람을 상대하지만, 나와 비슷하게 개인적으로 친한 사람이 없다고 했다.

둘이 성격이 비슷해서 처음에는 친해지기 어려웠다. 그런데 우리는 어느새 가랑비에 옷 젖듯이 친해져 있었다. 신상이 입고된 날에는 어김없이 들러 옷을 입어보았다. 내가 옷발이 잘 받는다고 해야 할까? 자랑 같지만 사실이 그랬다. 옷을 입어보고 있으면 구경 온 손님들이 내가 입은 옷을 보고 사가기도 했고 다들 잘 어울린다며 쳐다봤다. 그런 이유로 옷 가게 동생 순미도 물건을 해오면 나에게 '이거 입어봐라', '저거 입어봐라' 주문했고 그럼 나는 신이 나서 이 옷 저 옷 입어보였다. 거울을 보며 스스로 다 잘 어울린다며 만족해했는데 어떤 사람들은 내가 입은 모습을 보며 그 옷을 사기도 했다. 내가 돈 버는 것도 아닌데 기분 좋은 일이었다. 그렇게 단골로 지내면서 옷 가게 피팅 모델이 된 기분이었다.

'나도 이런 옷 가게 한번 해봤으면….' 장사를 할 만큼 용기가 없었기에 막연한 로망 같은 것이 있었다. 나뿐 아니라 여자들이라면 한번쯤 옷 가게 사장님을 꿈꾸었을 것이다.

순미와 내가 친해지면서 순미는 내가 사는 아파트로 이사를 왔다. 동네 친구가 없었던 우리는 같은 아파트 옆 동에 살면서 대화도 자주 나누고 밥도 같이 먹고 집을 오가면서 시간이 맞을 때는 여행도 같이 갔다. 순미는 아직 유치원에 다니는 어린 딸이 있어 서울에 물건 하러 갈 때 아이를 우리 집에 맡기기도 했다. 다행히 순미 딸이 우리 집 작은아이를 잘 따르고 좋아했다. 순미 남편이 새벽에 출근하는 까닭에 딸을 우리 집에서 재우고 아침에 유치원 차에 태워 보내면 되었다. 반찬을 만들면 늘 바쁘고 새벽까지 일하는 순미에게도 나눠주었고, 순미는 친정엄마가 반찬을 많이 만들어오시면 나한테도 나눠주었다. 우리 둘은 대화도 잘 통했는데 무엇보다 생각이 비슷하여 마음에 들었다. 동생이었지만 멘토 같았으며 배울 점이 많았다. 지금도 어려운 문제가 생기면 누구보다 순미에게 먼저 얘기한다.

직장 생활에 지치고 결혼 생활에도 지쳤던 40대 초반, 2011년 8월 15일이었다.

그때는 여름휴가 기간이어서 집에서 쉬고 있을 때였다. 순미가 9년 동안 운영한 작은 옷 가게 '보보 하우스'를 내가 하는 것이 어떻겠느냐고 제안했다. 애정을 많이 쏟은 가게라 모르는 사람에게 넘기기 싫다며 이왕이면 이어서 잘 운영해갈 사람에게 넘기고 싶다고 했다. 좋은 자리라서 모르는 사람에게 넘기기가 아까워 부동산에 내놓기 전에 나에게 먼저 물어보는 대신, 딱 이틀만 시간을 주겠다고 했다.

"직장에서 받는 월급보다 훨씬 괜찮을 거예요. 걱정하지 말고 시작해보세요."

그 자리는 상가 안에서도 명당자리 같은 곳이었다.

"이 자리는 위치가 좋아서 남 주기 아까워 언니한테 먼저 물어보는 거예요."

"부동산에 내놓으면 바로 나갈 자리예요."

순미의 말은 사실이었다. 그 당시 '보보 하우스'는 장유에서 유명한 옷집이었다. 옷 가게는 별로 없었지만 신도시라 이주 온 젊은 사람들이 많았다. 작은 옷 가게가 늘 사람들로 붐볐다.

9년 넘게 근무한 치과의 원장님은 병원 문 닫을 때까지 내가 같이 일하기를 원하셨다. 하지만 비전이 보이지 않아 나에게 온 새로운 기회를 잡기로 결심했다. 목돈도 없으면서 정말로 딱 이틀만 고민하고 결정을 내렸다. 그리고 휴가 마지막 날 저녁에 원장님 댁에 전화를 걸었다. 다음 날 출근해서 얼굴 보며 말할 용기가 없었다. 직원이 구해질 때까지 내 업무는 바로 아래 후배에게 인수인계를 잘 해줄 테니 걱정 마시라고 했다. 하지만 원장님은 서운한 마음을 감추지 못하고 사모님을 바꿔주셨다. 사모님께 차분하게 상황을 설명하고 내 마음이 약해져서 결단을 번복할까 봐

계약금 일부를 이미 주었다고 말씀드렸다. 사모님도 나에 대한 걱정이 더 많으셨다. 원장님과의 인연이 내 나이 스물두 살 때부터 시작되었기 때문이다. 결혼 후 치과 일을 10년 이상 손 놓고 살던 나를 다시 불러주신 분도 원장님이었다. 이런 특별한 인연이었던 내가 갑자기 그만둔다고 하니 많이 서운하셨을 것이다. 두 분은 진심으로 나의 앞날을 걱정해주셨다.

"그렇게 돈을 투자해서 힘든 옷 장사를 하려고 해요? 그냥 병원에서 한 10년만 더 일하고 편하게 쉬면 되지 않겠어요?"

"지금 이 일을 선택하지 않으면 10년 후에는 치과를 그만두어도 새로운 도전을 할 용기를 다시는 내지 못할 것 같아요. 그리고 10년 후에 나에게 이런 기회가 오리라는 보장도 없고요. 계속 일을 해야 하는 제가 10년 뒤에 새로운 일을 찾기는 어려울 것 같아서 결정을 내린 것입니다."

"10년 뒤면 제가 지금의 사모님 나이가 되는데 그때도 사모님처럼 남편이 벌어다주는 돈으로만 살 자신이 없습니다. 그리고 사모님처럼 그렇게 살 수 있는 여유도 없을 것 같아요. 아이들 대학 공부도 마쳐야 하고요…."

이렇게 말하자 사모님은 더 할 말이 없으신 듯했다.

지금 시작해야 실패하더라도 무언가 재도전할 수 있는

여력이 있지 않을까 생각했다. 오십을 넘긴 나이에 내가 집에만 있을 성격이 아니란 것을 나 자신이 제일 잘 알고 있었다. 그렇게 단 이틀 만에 옷 가게 사장님이 되기로 했다. 참 용기 있는 선택이었다.

　우리는 기회가 와도 기회인 줄 모르고 지나친다. 그것을 영원히 모를 수도 있고 세월이 지난 후 그것이 기회였다는 것을 깨닫기도 한다. 아줌마로 살아가는 것이 나쁜 것은 아니다. 각자 사는 방법이 다르고 목표가 다르고 이상이 다를 뿐이다. 다만 나는 평범한 아줌마로만 살기는 싫었다. 전문직으로 일했지만 '갑'과 '을'의 관계로 일하는 것에 회의를 느끼던 때에 기회가 온 것이다. 모든 것이 장단점이 있겠지만 적어도 내가 하고 싶고, 미쳐서 할 수 있는 내 일을 하고 싶어 과감히 직장을 버렸다. 말리는 사람도 많았지만, 그때 나는 '지금 하지 않으면 다시는 이런 기회가 없을지도 모른다'라는 생각에서 옷 가게 사장님이라는 힘든 직업을 선택했다. 그리고 9년의 세월 동안 옷 가게 사장님이 된 것을 단 한 번도 후회해 본 적이 없다.
　기회가 왔어도 내가 잡지 않으면 그건 기회가 아니다. 어떤 기회가 온다면 많은 생각으로 놓치지 말고 잡아야만 한다는 것을 살면서 종종 깨닫게 된다.

2. 패키지 여행 같은 삶은 살고 싶지 않아서

어릴 적 나는 변화를 두려워했다. 그런 성향은 지금도 있지만, 50이 넘게 나이를 먹는 동안 많이 변하기도 했다. 친구도 늘 만나던 친구만 만났고 다니던 길로만 다녔으며 낯설고 새로운 곳은 겁을 내고 피했다. 이런 성격 탓인지 대학 졸업 후 다닌 첫 직장에서도 이직 기회가 여러 번 있었지만 힘들어하면서도 끝까지 다녔다. 새로운 곳에서 다시 시작하고 낯선 사람들과 맞추어가야 하는 것은 두렵고 귀찮은 일이었다. 어떤 사람과 맞닥뜨리게 될지 생각만 해도 가슴이 쿵쿵 뛰었다. 막상 부딪히면 어떻게든 해내는 근성이 있고 책임감이 강한 성격이지만 그 과정에서 받아야 하는 스트레스가 싫었다.

직장을 옮겼는데 이상한 원장님을 만나면 어쩌나, 무서운 원장님이면 어떡하나? 같이 일하는 직원들과 안 맞으면 또 어떡하지? 걱정이 앞섰고 겁부터 냈다. 게다가 의리 때문에 나를 믿고 잘해주시는 원장님을 배신할 수가 없었다.

나와 절친인 서정이는 첫 직장에서 괴팍한 원장님을 만나 마음고생을 많이 했다. 어린 나이에도 신경성 위염에 걸릴 정도로 힘들어했다. 사람마다 차이가 있겠지만 객관적으로도 그 원장님은 성격이 불같았다. 사회 초년생이던 우리가 감당하기에는 힘들었다. 친구는 병이 들 정도로 힘든 직장 생활을 더는 못 하겠다면서 보건소를 알아봤다. 그 당시 치과위생사는 보건소에 시험을 치지 않고도 취업할 수 있었다. 마산 시내와 인근에는 자리가 없어 외곽이나 다른 지역이라도 좋으니 보건소나 보건지소로 자리를 알아봐달라고 교수님께 부탁해놓은 상태였다. 그만큼 개인 병원에서 상처를 많이 받았던 것이다. 마침 창녕군 보건소에 자리가 나 서정이는 그곳에서 일할 수 있게 되었다.

친구가 창녕군으로 직장을 옮기기 전에 우리는 직장이 가까워서 퇴근길에 자주 만났다. 하지만 서정이가 멀리 가서 이제는 자주 볼 수 없게 되었다. 서정이는 나에게도 같이 다니자고 했지만, 나는 버스 멀미를 했다. 거기다 새벽에 나서서 멀리까지 다닐 자신이 없었다. 그래서 월급도 적고 일은 고되지만, 원장님이 좋은 치과에서 결혼할 때까지 참고 일했다. 젊은 시절부터 장거리 출퇴근을 하며 고생한 친구는 지금까지 꾸준히 다녀 현재는 6급 공무원이며 퇴직금만 해도 억이 넘는다. 어언 30년을 고생한 보람이 있는 것이다. 친구의 노후와 퇴직금을 생각하면 많이 부럽다. 정확히 말하면 그녀의 든든한 노후가 부러운 것이지만.

하지만 서정이는 나를 부러워했다. 30년을 한 직장에서 한 우물만 파는 일이 이젠 힘들다고 말한다. 그리고 퇴직 후 무엇을 할 것인가에 대해 고민하는 것 같았다. 생산적인 일을 하지 않더라도 나이 60에도 한 가지 일을 가질 수 있으면 좋겠다고 했다.

서정이는 내가 다니던 직장을 과감히 그만두고 자영업을 시작한 것이 '최고의 선택'이었다고 늘 말한다. 같은 학교를 졸업하고 같이 국가자격증을 땄지만 둘은 이렇게 다른 삶을 살고 있다. 그것은 매 순간 우리에게 찾아오는 선택의 결과일지도 모른다. 물론 친구의 경우처럼 힘든 직장을 만났다면 나도 그런 선택을 했을지 모른다. 그 당시에는 다니던 직장에서 나의 비중이 크다고 생각했고, 내가 그만두면 당장 어떻게 하나 병원 걱정을 했다. 내 병원도 아니면서 마치 내 병원인 양 애착을 가지고 일했다. 20대 젊은 시절 나의 사회생활은 결혼과 출산으로 마무리했다. 나 스스로 생각해도 성실했던 결과 오랫동안 인정받는 치과위생사로 남아 있다는 자부심도 있었다. 결혼 후 10년 이상 치과 일을 멈춘 나를 20대 초반에 알고 지내던 원장님께서 다시 치과로 불러주셨다. 덕분에 서른 중반의 나이에 다시 치과위생사로 새로운 시작을 할 수 있었다. 그때 '나 참 잘 살아왔구나' 하는 생각이 들었다. 그 치과에서 9년 6개월이나 내 역할을 하고 있었다. 그다음에 온 기회가 '옷 가게 사장님'이었던 것이다. 지금, 나는 옷 가게 사장님으로 9년의 세월을 보내고 있다.

  결혼 후 우리도 남부럽지 않게 살 수 있었지만 두 번의 고비를 맞닥뜨리면서 힘들어지기도 했다. 그 어려움을 겪지 않았다면 나에게 잠재되어 있던 능력을 알지도 못한 채 살아갔을지도 모른다. 온실 속 화초처럼 자란 나는 서른 살이 될 때까지도 세상 물정이라곤 모르고 살았다. 남편의 월급도 시어머님께 맡기면서 어머님의 딸 같은 며느리로만 살았다. 그러다 굳이 경험하지 않아도 될 일들을 겪게 되었다. 드라마에서나 나올 법한 이야기가 우리 집에서도 벌어졌다. 부모님의 반대를 무릅쓰고 한 결혼이었기에 그때는 친정 부모님께도 말할 수 없어 외롭고 힘든 나날이었다. 그렇지만, 바라던 만큼 여유 있게 살지는 못했어도 두 아이는 무사히 대학을 마치고 지금은 둘 다 당당한 사회인으로서 각자의 몫을 잘 해내고 있다. 그 시간을 지혜롭게 극복했기에 지금 이렇게 글을 쓸 수 있는 것이다. 고비를 넘기면서 여유를 만들기 위해서라도 열심히 살아야 했다.

어린 시절처럼 소극적으로 열심히만 하는 것이 아니라 나와 내 가족을 위해 적극적으로 살아야 한다는 것을 배우게 된 것이다. 실패와 좌절이 나를 얼마나 성숙하게 만들 수 있는지를 알았다. 물론 큰 고비 없이도 잘살 수 있고 행복할 수 있다면 더 바랄 것이 없을 것이다. 그렇지만 순탄하기만 한 삶이 꼭 행복한 삶이라고만은 할 수 없으니.

　다른 세상을 만나는 일이 이제 두렵거나 피하고 싶지 않다. 오히려 '또 어떤 세상이 나를 기다리고 있을까?' 아니 '나는 또 어떤 삶을 살아갈까?' 하는 설렘으로 가득하다. 내가 생각했던 만큼의 여유와 풍족한 삶이 아니라는 것은 내 욕심일지 모른다. 다른 이의 눈에는 내 삶이 부러워 보일 수 있다. 나는 그렇게 살고 싶어서 열심히 살아왔고 열심히 살고 있다. 인생이 여행이라면 잘 짜인 스케줄대로 움직이는 패키지 여행 같은 삶만 살고 싶지는 않다. 여행이란 때론 길을 잃기도 하고 위험한 순간을 경험하기도 하며 두려움도 극복해나가야 하는 것이다. 낯선 사람들과 만나야만 새로운 인연이 이어지기도 한다. 나는 지금, 내가 모르던 다른 세상의 삶도 접해보면서 배우고 있다.
　고여 있는 물이 아니라, 파도가 일듯 문제가 생기기도 하면서 약간은 드라마틱하거나 과하지 않을 만큼의 이벤트 같은 삶. 본의 아니게 내가 그랬던 것처럼 매 순간 살아 있음을 느끼는 삶. 적당한 긴장감이 주는 희열을 느껴보면 무료한 삶은 재미없고 지루한 교과서 같을 것이다.

오늘은 또 어떤 일이 나를 쫄깃하게 할까? 기다려지는 하루.

내가 변화를 주지 않았더라면 이런 설레는 삶이 있는지 몰랐을 것이다.

3. 나의 '맹귀우목' 같은 인연들

내 나이 40대. 인생에서 정말 소중한 이 시기에 나는 자신을 돌보는 일을 뒷전으로 미뤘다. 경제적인 위기를 맞으면서 힘든 일이 동시에 닥쳤다. 친정엄마의 갑작스러운 사망과 3개월 후 시어머님의 사망. 도를 닦는 심정으로 살지 않으면 도저히 살 수가 없을 만큼 힘든 시절이었다. 그리고 거듭된 충격으로 몸이 아프기 시작했다. 몸이 약해지니 정신도 함께 무너졌다. 살얼음을 걷듯이 조심스럽게 살았던 10년을 보내고 여러 가지 충격으로 힘들어했다. 남편도 많이 힘들었을 것이다. 그때는 몸과 마음이 엉망이었다. 마음이 불행해지니 아이들에게도 고스란히 영향을 미치는 것 같았다. 이미 벌어진 상황은 되돌릴 수 없으니 내가 바뀌지 않으면 세상은 바뀌지 않는다는 것을 알게 되었다. 하지만 내가 바뀌는 것 또한 힘든 일이었다.

도를 닦듯이 법정스님의 책을 읽었다. 스물세 살에 처음으로 법정스님의 〈무소유〉를 사서 읽었는데, 그 책을 아직도 가지고 있다. 하지만 어릴 때는 법정스님의 존재를 지금만큼 잘 몰랐다. 마흔이 넘어 책으로 법정스님을 만나 마음은 한결 차분해졌고 내 방식대로 지혜롭게 위기를 이겨내게 되었다. 지금은 내용이 자세히 생각나지 않지만, 열심히 읽은 그때는 스님의 말씀 하나하나가 내 속으로 녹아 들어갔다. 가장 먼저 읽은 〈맑고 향기롭게〉에서 다시 읽고 싶은 부분은 밑줄을 그었고 기억에 남기고 싶은 문장은 다이어리에 옮겨 적었다. 책 속에는 마이클 케냐의 고요하고 잔잔한 사진이 같이 실려 있어서 느린 걸음으로 산책길을 걷듯이 읽었다. 그다음으로 〈말과 침묵〉, 〈그물에 걸리지 않는 바람처럼〉을 읽었는데 마지막에 스님이 정리해놓은 글을 기록해놓고 가끔 읽는다.

우리는 무엇을 먼저 깨닫고 무엇을 이웃과 함께 나눌 것인지 분명히 알아야 한다. 더 말할 것도 없이 자기 자신의 실체를 깨닫고 그 깨달음에서 나온 지혜와 자비의 말씀을 나누라는 뜻이다. 이 말을 바꾸어 하면 지혜와 자비의 가르침이 우리의 삶에 용해될 때 깨달음은 저절로 이루어진다. 깨달음이란 어디서 오는 것이 아니라 본래의 자기 모습을 되찾는 일이다. 지혜와 자비에서 벗어난 행위는 자신의 모습과는 10만8000리다. 그래야 경전을 읽으면서 성숙한 인간으로 거듭거듭 새롭게 태어나야 한다. 그래야 비로소 독경의 공덕을 입게 될 것이다.

책을 읽으면서 내가 불행하다고 느꼈던 일을, 누군가를 탓하고 원망하던 마음을 나 자신에게로 돌렸으며 다 지나갈 것이라는 마음으로 기다릴 수 있었다.

스님의 책을 읽던 40대 초반, 비로소 진짜 어른이 되어가고 있다는 것을 깨달았다. 정말 힘들고 큰일을 당하다 보면 일상에서 벌어지는 일들이 얼마나 사소한 것인가를 알게 된다. 정신적으로 강해져야 했기에 내공이 많이 필요한 시기이기도 했다. 모든 것이 풀리지 않는 엉킨 실타래 같았지만 시간이 흐르면서 엉킨 것들도 차츰 풀려나갔다. 2010년 3월, 우리 시대 마지막 큰 어른이신 법정스님이 타계하셨다. 스님은 가셨지만 힘든 시간을 견딜 수 있게 해주신 스님의 책 덕분에 마음이 따뜻해졌다.

그리고 2011년 봄. 오직 나를 위해 DSLR 카메라를 샀다. 내 또래의 주부들이 그러하듯이 나 역시 직장과 집밖에 몰랐다. 종종 혼자 집에서 다육식물의 사진을 찍고 만나지 못하는 친구들과 블로그를 하며 위로를 삼았다. 블로그 이웃들은 대부분 다육식물을 키우는 사람들이거나 책을 즐겨 읽는 사람들이었는데, 다육이 사진이 올라오는 것을 보면 내가 올린 사진과는 달리 고급스러웠다. 지금이야 휴대폰 카메라 화질이 좋고 기능도 다양하지만 그때는 비싼 카메라로 찍은 사진은 확실히 달랐다.

나도 홈쇼핑에서 무이자 12개월 할부라는 좋은 조건으로 비싼 카메라를 구매했다. 집에서 다육이만 찍다 보니 집 안이 아닌 밖에 나가 다른 사진을 찍고 싶어졌다. 친구에게 지나가는 말로 사진을 배우고 싶어서 카메라부터 샀다고 했더니 창원 문성대학교 평생교육원의 김창섭 교수님 수업을 소개해주었다. 누군가 그 교수님 강의가 괜찮다고 했다는 것이다. 이미 수강 신청이 끝난 상태였지만 혹시나 하는 마음으로 무작정 낯선 강의실 문을 두드렸고, 교수님은 흔쾌히 수업을 듣도록 허락해주셨다. 그해 가을부터 평생교육원에 사진 수업을 들으러 다녔다. 결혼 후 처음으로 나 자신을 위해 집과 직장이 아닌 곳을 찾아갔던 것이다. 아이들도 어느 정도 자라서 나도 내가 하고 싶은 것을 배우고 싶었다.

그때부터 교수님 수업에 푹 빠지기 시작했다. 그동안의 목마름을 해결해주듯 강의가 좋았다. 일주일에 한 번 듣는 수업이 손꼽아 기다려졌다. 교수님이 준비해온 수업 내용은 무엇 하나 버릴 것이 없었고 퇴근 후의 피곤함도 잊은 채 듣게 되었다. 그런 공부를 한다는 것이 정말 행복한 일상이었다.

직장 생활과 집안일에 지치고 늘 불안한 마음을 잡지 못하던 나에게 김창섭 교수님의 수업은 사진으로 치유받고 위로받는 것 같았다. 이듬해 6월, 교수님께 〈산빛 이야기〉라는 책을 선물 받았다. 교수님은 제자들에게 책 선물을 종종 하셨는데 아마 나에게 이 책을 선물해준 것을 기억도 못 하실 것이다. 〈산빛 이야기〉는 정목스님이 쓴 책인데 법정스님 책과는 또 다르게 섬세하고 조곤조곤하다는 느낌이 들었다. 책 후반부에 '맹귀우목(盲龜遇木)'이라는 말이 나온다. 바다에 사는 눈먼 거북이가 물속을 헤엄쳐 다니다가 백 년 만에 수면 위로 올라와 숨을 한 번 크게 쉬는데, 이때 구멍 뚫린 널빤지를 만나기만큼이나 힘든 게 좋은 인연 만나기라고 한다. 불교 경전에 있는 구절로 그때 나의 상황과 딱 맞는 이 글귀를 만난 것이 정말로 맹귀우목과 같은 순간이었다.

사진을 배우려고 어딘가로 나서던 그때 나는 망망대해에 있던 눈먼 거북이였고 사진 공부는 구멍 난 널빤지였다. 멘토 같았던 김창섭 교수님의 사진 수업으로 우물 안 개구리가 세상에 눈을 뜨기 시작한 것이다. 혼자서는 잘 다니지도 못했던 내가 다른 사람들과 어울려 사진을 찍으러 다니고 2013년 5월에는 첫 전시회도 하게 되었다. 교수님께서는 내가 글을 잘 쓴다면서 전시자들을 대표해서 전시회 서문을 쓰라고 하셨다. 처음으로 내가 쓴 글이 많은 사람 앞에 걸렸다. 그때는 전시하는 내 사진들보다 내가 쓴 서문에 더 설레고 뿌듯했다.

내 나이 마흔이 넘어서 만난 두 인연. 인문학으로 사진 수업을 해주셨던 김창섭 교수님과 내 인생에 가장 큰 기회이자 터닝 포인트가 되어주었던 순미. 순미는 내가 옷 가게 사장님이 될 수 있다고 용기를 준 나의 롤 모델이다.

이제는 내가 누군가에게 멘토가 되어주며, 맹귀우목처럼 눈먼 거북이 같은 누군가에게 널빤지 속 구멍 같은 사람이 되어야겠다고 생각한다. 살면서 멘토가 되는 인연이 옆에 있다는 것이 얼마나 큰 행운인지 안다.

내가 가진 유한한 것들보다 무한한 사람들, 내게 남은 사람들. 때로는 맹귀우목과 같은 인연들. 그리고 지금도 나에게 좋은 역할이 되어주는 인연들이 언제나 소중한 재산이다.

4. 내가 손님이 낯설듯 손님도 내가 낯설 것이니

가게를 열면서 제일 걱정되었던 것은 손님이 오면 '처음에 뭐라고 말을 꺼내야 할까?'였다. 물론 인사는 먼저 하겠지만 그다음 어떤 말을 하면서 손님을 리드해가야 할지 고민이었다. 병원에서 근무할 때는 환자들의 이야기를 들어주고 원장님의 진료 방향을 설명해주는 것에 자신 있었다. 하지만 옷 장사는 물건을 팔아야 하는 일이다. 손님이 원하는 것이 무엇인지도 모를뿐더러 아무거나 권할 수도 없다. 그런 식으로 하면 손님이 부담스러워 다음부터 우리 가게는 들어오지도 않을 것이다.

낯을 가린다는 말은 처음 보는 사람에게 말을 잘 못 붙인다는 뜻이고, 낯선 사람과 친해지기까지 시간이 오래 걸린다는 뜻이다. 그냥 옷만 팔아야 하는데 입이 잘 안 떨어졌다. 손님이 들어오면 가슴부터 두근거렸다. 물론 지금은 전혀 그렇지 않다.

처음에는 손님들이 옷을 가지고 이런저런 태클을 걸면 상처를 받았다. 그리고 좀 세 보이는 손님이 오면 당당하지 못하고 괜히 주눅이 들기도 했다. 누가 보아도 '장사 초보'라는 티가 났을 것이다. 강자에게는 약하고 약자에게는 강한 그런 사람들이 있다. 이런 사람들이 내가 작은 옷 가게를 하는 사람이라고 함부로 대하면 어쩌나 겁도 났다. 하지만 누구라도 들어오는 곳이 가게였고 그게 바로 장사였다. 어떤 손님이든 내가 감당해야 하는 숙제였다. 그 낯선 손님이 최대한 빈손으로 나가지 않도록 작은 것 하나라도 팔아야 하는 것이 장사였다. 이런 낯가림은 시간이 해결해주었다.

그다음 힘든 것은 상인들이 타는 차인 '장차'를 타고 동대문시장에 물건을 하러 갈 때였다. 주변 상인들이 서로 인사를 주고받고 아는 체를 하는데 나는 안면 있는 얼굴이 보여도 말을 걸지 못했다. 상대방 역시 차갑고 까칠해 보이는 내 첫인상 때문에 눈인사만 살짝 하고 말을 걸지 않았다. 때론 그런 것이 편하기도 했다. 별로 친하지도 않은데 안면 있다고 혹 다가와 말을 걸어오는 사람이 부담스러웠다. 버스에서 조용히 가고 싶은데 나에게 말을 걸어와 이것저것 물어본다면 아마 피곤해했을 것이다. 나는 남에게 불필요하게 관심 갖는 것을 싫어했다. 상대방이 별로 말하고 싶지 않은 것을 자주 묻는 사람들이 있다. 그것이 정말 관심인지 오지랖인지 헷갈릴 때도 있다. 지나치게 관심을 보이는 사람이 부담스러웠다. 나는 장차를 여러 번 타면서 낯이 익어도 결코 친해지기 힘든 성격의 소유자였다. 그런 이유로 주변 옷 가게의 상인들과 친분이 거의 없이 지냈다.

순미가 단 한 번 동행한 후 나 혼자 동대문 상가를 가는 것만으로도 엄청난 경험이었다. 하지만 낯선 상인들에게 말을 걸지 못해 물건을 채우기가 힘들었다. 경기가 좋았던 시절의 동대문 상가는 '체험 삶의 현장'처럼 치열한 곳이었다. 그런 곳에서 혼자 밤새 물건을 고르고 사야 하는 일이 처음에는 외로웠다. 나처럼 혼자인 사람들도 많았기에 적응해나가야 했다. 인기 많은 매장에서는 물건을 사는 것도 떠밀려서 쉽지가 않았다. 그때의 내 모습을 떠올려보면 목소리도 작고 체구도 크지 않아 사람들 틈에 끼어 물건을 고르느라 애쓰고 있었던 것 같다.

옛날에는 동대문 상가에 사람들이 너무 많아서 나 같은 초보에게는 친절할 수가 없었다. 워낙 정신없이 바쁜 곳이기 때문이다. 하지만 불친절하거나 매너가 좋지 않은 집은 발길을 끊었다. 여러 번 거래처를 방문하면서 친절하게 대해주는 매장을 만나면 고맙기도 했다. 서울깍쟁이라고 표현하지만 의외로 동대문 상가에서 만난 사장님이나 직원들은 친절했다. 경상도 사투리를 쓰는 나의 말을 흉내 내는 사장님도 있었고 낯선 서울이 힘들지 않도록 반갑게 대해주는 고마운 직원들과 사장님도 있었다. 서울에서 볼 때는 내가 그들의 손님인 것이다. 나는 진상 손님이 되지 않으려고 예의를 지켰다. 장사꾼이라는 이미지가 따로 있는 것은 아니지만, 장사꾼 소리를 듣지 않게 말과 행동을 조심하고 이미지 관리에 신경을 썼다. 그래서인지 서울 매장에서도 나를 함부로 대하지 않았다.

사람과 친해지는 데 시간이 걸리는 만큼 '이 사람이다' 싶은 인연을 만나고 한번 친해지면 오히려 끈끈해지고 돈독해지는 성격이다. 손님도 주인을 닮는다고 우리 가게 손님들도 나와 비슷한 성향인 것 같다. 이제는 몇 년씩 보아오고 단골이 되고 나니 처음 우리 가게에 와서 나를 만났을 때의 이야기를 가끔 한다.
"처음 언니 봤을 때 정말 차갑고 말 걸기 어려웠어요."
"나 그런 사람 아닌데….."
오래 걸린 만큼 나를 알고 나면 그렇게 어려운 사람은 아니라고 말한다. 하지만 결코 쉬운 사람도 아니다. 내가 옷을 권하지 않고 지나치게 친절하지 않아서 오히려 신뢰가

가고 편했다고 말했다. 어색하고 낯설어서 무슨 말을 어떻게 해야 할지 몰라 손님들이 자유롭게 보도록 놔두었는데 그래서 더 편하고 좋았다고 하니 전략도 아닌 전략이 된 셈이었다.

경험이 없었기에 사람들에게 어떤 옷을 입혀야 하는지 모르는 상태에서는 당분간 지켜보기만 해야겠다고 생각했다. 어떤 스타일인지, 어떤 옷을 좋아하는지 파악이 안 된 상태에서 내가 좋아하는 내 스타일의 옷을 권할 수는 없었다. 가끔 백화점이나 의류 매장을 방문해보면 은근슬쩍 사람을 스캔하듯이 훑어보는 눈길을 느낄 때가 있다. 그런 식으로 손님이 어떤 옷을 입고 있으며 사회적 신분 정도나 경제적 수준 등을 대충 짐작하려는 의도가 담긴 행동일 것이다. 습관적인 눈길과 행동, 그런 것이 싫어서 손님들을 좀 편하게 둔 것도 있었다. 내가 처음 하는 장사라 어색하듯이 손님들도 '나'라는 사람이 낯설었을 것이니.

나보다 나이가 한참 어린 손님에게도 꼬박꼬박 존대를 했다. 그것도 습관이었다. 몇 년을 보았는데도 반말이 나오지 않았다. 손님들이 이제 그만 말을 놓으라고 여러 번 말해도 잘 안 됐다. 그러다가 간혹 높이기도 하고 낮추기도 하면서 서서히 자연스럽게 말을 놓을 수 있게 되었다.

나이가 50이 넘어도 오지랖은 잘 안 생기지만 예전에 비해서는 비교적 능청스럽게 낯선 이에게 말을 걸기도 한다. 옛날에 어른들이 옆에 있는 처음 보는 사람에게 아무렇지 않게 말을 거는 모습을 본 기억이 있다. 나도 조금씩 그런 넉살 좋은 아줌마가 되어가는 중이다.

5. 사실은, 건물주가 꿈이에요

"선생님, 옷 가게가 더 좋아요? 좋은 직장 버리고 왜 장사를 하세요?"

"병원에서 유니폼 입은 모습만 보다가 여기서 보니 다른 사람 같네요."

"직장보다 수입이 괜찮아요? 병원이 더 낫지 않아요?"

"선생님 안 계시니 병원도 잘 안 가게 돼요."

"선생님은 병원이 잘 어울린다고 생각했는데 새로운 모습도 보기 좋네요."

"예쁜 옷 가게랑 잘 어울리세요. 감각 있으시네요."

옷 가게가 이전에 다니던 직장 바로 근처에 있다 보니 병원에 근무할 때 환자로 알고 지내던 분들이 많았다. 처음에는 그분들이 옷 가게 오픈 소식을 듣고 방문해주셨는데 궁금한 것이 많았다. 나 역시 치과위생사가 내 천직이라고 생각했는데 어느 날 갑자기 옷 장사를 하게 되었으니 놀라긴 마찬가지였다. 어언 9년 넘게 나를 봐온 환자들은 아이들이 아기 때부터 초등학생, 중학생이 될 때까지 믿고 보낸 분들이다. 이제는 그 엄마들이 우리 가게 손님으로 온 것이다. 당연히 궁금했던 것들을 말한다. 어떤 날은 옷 이야기보다 그런 이야기를 주고받느라 힘을 빼기도 했다. '어쩌다가 옷 가게를 하게 되었느냐.' '왜 갑자기 병원을 그만두었느냐.' 사람들은 생각보다 타인에게 관심이 많은 것일까? 질문하는 사람은 한 사람이지만 하루에 한두 사람만 이런 질문을 해도 똑같은 대답을 여러 번 해야 했다. 지치는 일이었지만 병원을 갑자기 그만두고 옷 장사를 한다니 의아해하는 것도 당연했다. 그것 또한 나에 대한 관심이라고 생각했다.

　직장과 자영업은 장단점이 분명하다. 안정적인 직장에 비해 자영업은 정말 알 수 없는 것이다. 아무리 열심히 노력하고 싶어도 손님이 오지 않으면 아무것도 할 수가 없는 것이 장사다. 손님들을 오게 만들어야 했다. 한 번 온 손님을 또 오게 하는 것이 내가 해야 할 노력이었다.
　1년, 2년 햇수를 넘기면서 단골들이 꾸준히 오는 집으로 자리를 잡았다. 그리 오랜 시간이 걸리지는 않았다. 그렇지만 한시도 마음을 놓을 수가 없었으며 하루하루 긴장을 늦출 수도 없었다. 그렇게 정신없이 수년의 세월을 보내고 자리를 잡고 나니, 일부러 찾으려 했던 마음의 여유가 저절로 생겼다. 어쩌면 이런 이유로 내가 더 생기 있고 활기차게 살 수 있는지도 모른다. 창의성이 필요 없었던 직장에서는 하루하루가 다람쥐 쳇바퀴 도는 일상의 반복이었다. 병원이 폐업할 때까지 보장된 평생직장, 얼마나 안정적인가? 하지만 새로울 것이라곤 없고 모습만 다를 뿐 늘 똑같은 환자들이었다. 병원에 근무할 때는 나 역시 환자 아닌 환자가 되어가는 듯했다. 그러나 '슈가'라는 이름의 작은 가게로 시작한 곳이 알차게 자리 잡으면서 많이 행복해졌다. 시간은 너무 잘 갔지만 6년쯤 되었을 때부터 답답해지기 시작했다. 상가 안에 있다 보니 밖에 비가 오는지 눈이 오는지 해가 졌는지 시간 개념도 없어졌다. 일하다 보면 훌쩍 저녁이 되어 있는 것이었다. 그나마 일요일은 상가가 쉬는 날이라 좋았지만, 그것과 상관없이 답답한 상가에서 나오고 싶었다. 좁은 가게에서 잠깐을 쉬어도 편히 쉴 수 있는 공간이 없어서 불편했다. 처음에는 그러려니 지내던 공간이 불편하다고 느낀 것을 보니 싫증이 난 것이 분명했다. 꾸역꾸역 일 년 넘게 더 버텼지만 그 상가에서 나오지 않으면 내가 병들 것 같았다. 변화가 필요했다.

이제는 나이도 50이나 되었으니 힘이 드는 것도 당연했다. 일을 쉴까 생각했지만 친구처럼 정 들고 자주 보던 단골들이 본인들에게 맞는 옷을 사 입을 곳이 없다며 가게를 관두는 것을 말렸다. 나 역시 막상 일을 관두면 뭐 하겠나 싶은 생각이 들었다. 한 달 정도 쉬는 시간을 가지고 다시 시작하기로 결정했다.

　평소에 괜찮다고 생각했던 동네에 마침 '임대'라고 써 붙인 가게가 있어 주저 없이 계약금부터 걸었다. 상가 안의 작은 '슈가'는 계약 기간이 4개월이나 남았는데 또 한 번 사고를 쳤다. 새 주인에게 임대료를 한 달 면제해달라고 부탁하고 3개월 동안은 두 가게에 임대료를 지불해야 했다. 하지만 그것 또한 내가 잘한 일 중에 하나라고 생각한다. 안 그랬으면 지금 운영하고 있는 이 가게를 얻지 못했을 수도 있었으니까. 내가 나온 이후 그 상가의 다른 옷 가게들도 하나둘 빠져나가 상가가 거의 죽었다는 소식을 가끔 전해 들었다. 역시 기회를 잘 잡았던 것이다. 좁은 가게에서 만 7년을 채우고 드디어 나도 '로드 숍'으로 나왔다. 말이 로드 숍이지 시내나 아파트 밀집 지역은 아닌 한적한 주택가에 있는 상가주택 1층 가게다. 하지만 조용한 거리와 복잡하지 않은 동네에서 문 앞에만 서면 파란 하늘을 볼 수 있고 수변공원이 있어 숨통이 트이는 곳이라 만족한다.

　이런 곳에 자리를 잡은 것은 나만의 특별한 이유가 있어서다. 복잡했던 상가 안의 좁은 매장에서 많이 지쳤기 때문이다. 하늘과 햇빛과 바람을 느낄 수 있는 곳으로 나오고 싶었다. 그러면서 복잡하지 않고 사람들이 붐비지 않는 곳을 골랐다. 일반 사람들이 생각하는 상가 입지와는 정반대로 생각하여 가게를 고른 것이다.

"장사하는데 왜 그렇게 조용한 곳으로 가세요?"

"조용해서 이곳으로 결정했어요."

나는 정말 동네가 복잡하지 않고 조용한 동네라서 이곳을 택한 것이었다.

어쨌든 실 평수 4평의 작은 구멍가게에서 12평의 큰 가게로 이전을 했다. 그리고 내 건물도 아닌 가게에 큰돈을 들여 내가 원하는 공간으로 인테리어를 했다. 이 또한 많은 사람이 궁금해했다. 내 건물도 아닌데 큰 비용을 들여 누가 봐도 예쁜 옷 가게로 만들어놓았으니 내가 돈을 많이 모은 줄 알고 건물주라 생각한 것이다.

"언니 이 건물 샀어요?"

"언니 건물이에요?"

"아뇨, 건물주가 꿈이에요."

솔직히 건물주가 꿈은 아니다. 내가 이 자리에서 또 몇 년을 더 있을지, 아니면 여기가 마지막 일터가 될지 모른다. 그렇기에 최대한 마음 편하게 머물고 싶다. 손님들도 나와 같은 편안한 마음으로 이곳을 방문하게 하고 싶었다.

나를 위함이기도 했지만 9년째 나를 찾아오는 손님들에게 좋은 공간을 내어주고 싶은 마음도 컸다. 12평의 감성 공간. 나는 오늘도 여기 앉아서 이 글을 쓴다.

"네 시작은 미약하였으나 끝은 창대하리라."

종종 듣던 말이지만 별로 실감 나는 말이 아니었다. 그저 말로만 희망을 주는, 영혼 없는 주문으로 생각했다. 그런데 작은 가게를 시작하면서 나는 이 말을 떠올리며 각오를 다졌다. 마음에 여유를 가지고 집착하기보다는 즐기면서 이 일을 하고 싶었다. 진정한 프로가 되려면 어설프게 손님에게 연연해하면서 끌려가지 않아야 한다. 나는 '여성 CEO'니까!!

6. 나만의 작은 드레스 룸, '슈가'

서울에 다녀온 첫날은 순미와 같이 손님을 맞았다. 이런 일에 경험이 없는 내가 낯선 사람들에게 말도 못 걸 것이 뻔했기에 순미가 손님들을 상대해주면서 첫날 일을 도와주었다. 능숙하게 손님들을 대하고 옷을 권하는 모습. '언젠가 나도 그렇게 되겠지?', '그래 이젠 여기가 내 가게니까 내가 잘 해내야지.' 내가 꿈꾸는 모습이었다. 이미 시작한 다음에는 후회 따위 하지 않는다. 나는 긍정적인 사람이기에 시간을 낭비하지 않을 것이다. 아직은 순미의 단골손님들이지만 언젠가는 나의 손님들이 되어 있을 것이라는 긍정의 힘을 믿었다.

실평수 4평의 작은 옷 가게. 원래 이름은 '보보 하우스'였는데 다들 그냥 '보보'라고 간단하게 불렀다. 순미는 9년 동안 '보보'라고 불렸다. 나도 '보보야'라고 불렀으며 우리 애들은 '보보 이모'라고 불렀다. 애들은 지금도 순미를 그렇게 부른다. '보보'는 순미도 간직하고 싶은 닉네임이라고 했다. 그래서 내가 가게를 이어서 하더라도 '보보'라는 이름만큼은 쓰지 않았으면 했다. 나 역시 다른 사람의 이미지가 연상되는 이름을 그대로 사용하고 싶지는 않았다. 앞으로 불릴 다른 이름이 필요했다. 한 번도 옷 장사를 생각해본 적이 없었기에 옷 가게와 어울릴 만한 닉네임이 없었다. 친구들과 블로그를 했지만 다육식물을 키우면서 하던 블로그라 닉네임도 '뜰향기'였다. 블로그 안에서는 '향기 언니'로 불리기도 했지만 옷 가게 이름으로는 전혀 어울리지 않았다.

처음 서울 가는 날 버스 안에서 이름을 '슈가'로 정했다. 거래를 하게 되면 상호가 있어야 했기 때문에 부르기 쉽고 간단한 두 글자에 받침 없는 이름으로 정했다. 이름을 정하는 과정도 재미있었다. 옷 가게 이름을 조사하다 보니 과일 이름이 많았다. '오렌지', '애플', '민트', '바나나', '라임' 그리고 '핑크', '로라', '마리' 등. 어쨌든 부르기 쉽고 기억하기 쉬운 이름이 좋을 것 같아 받침이 없는 '슈가'로 정했다. 김해 지역 사업 삼촌에게 혹시 '슈가'라는 상호가 있는지 미리 물어보았는데, 인근에는 없다고 해서 기꺼이 '슈가'로 이름을 지었다. 부르기도 쉽고 기억하기도 쉽고 입에 착착 붙어서 기분이 좋았다. 나는 달달한 '슈가'라는 이름으로 4평짜리 옷 가게를 다시 시작했다.

"왠지 빵집이나 과자점 같지 않나?"

"그러면 다른 집들은 다 과일 집 같지 않아요?"

"좀 세련된 이름을 지어볼까?"

하지만 시내에 있지도 않고 작은 신도시의 한적한 주택가에 자리한 작은 옷 가게이기에 세련된 이름은 주부들에게 거리감이 생길 것 같았다. '슈가'가 제격이라고 생각했다. 그 생각은 지금도 마찬가지다. 9년 동안 '슈가'로 불리면서 손님들 입에도 착착 붙었다.

처음에는 순미가 해준 대로 가게에 돈을 들이지 않았지만, 3년이 되었을 때 여유도 생기고 내부를 내 스타일로 만들고 싶었다. 나무 문을 만들고 칠을 다시 하고 조명등을 바꾸고 장을 새로 짜고 하면서 '나만의 드레스 룸' 이미지로 4평짜리 작은 가게를 예쁘게 꾸몄다. 내가 있던 상가에서 제일 예쁜 가게가 되고 싶었다. 물론 가게를 옮기면서 나올 때는 권리금도 제대로 못 받았지만, 내가 행복해야 하고 만족해야 했기에 내가 머무는 공간에 투자를 안 할 수가 없었다. 덕분에 사람들은 상가 안에서 '슈가'가 제일 예쁜 가게라고 하기도 했다.

가게 이름을 '슈가'로 정하고 2년도 되지 않았을 때 김해 시내에 같은 이름으로 누군가 옷 가게를 시작했다. 사입 삼촌이 같다 보니 물건이 바뀌기도 하고 내 물건이 그 가게로 가는 일도 생겼다. 그리고 어느 날 우리 가게와 가까운 곳에도 '슈가'라는 이름의 옷 가게가 생겼다. 옷 가게 이름으로 '슈가'는 흔하지 않은데 부르기가 좋았던 모양이다. 나중에 보니 그 가게 이름은 '제이슈가'였는데, 마치 우리 가게의 분점 같은 뉘앙스를 풍겼다. 그래서 일부 손님들이 2호점이냐고 묻기도 했다. 그렇지만 얼마 가지 않아 그것 또한 별문제가 되지는 않았다.

제2장

옷을 팔아야 하는 사람과
옷을 사야 하는 사람

1. 이렇게나 옷이 많은데 왜 자꾸 옷이 없다고 할까

"어디에 가려면 입을 옷이 없어요."

남자들은 도저히 이해하지 못한다. 대부분의 집에는 아내의 옷이 제일 많기 때문이다. 그러면서도 내 아내가 옷을 사 입는 것을 말리지 않는다. 요즘 남자들은 '하나 사 입어'라고 선뜻 말한다. 가게를 하는 동안 단골이 되어가면서 처음에는 혼자 오던 손님이 종종 남편과 같이 오기도 한다.

"여기가 슈가야."

"내가 맨날 옷 사 입는 집이 여기야."

"맨날 슈가 슈가 하더니 이 집이냐?"

남편들이 숙녀복 가게에 와볼 기회는 아내와 동행할 때 외에는 없을 것이다. 어떤 분은 밖에서 계속 기다리기도 하고 차에서 내리지 않지만 관심이 많은 남편은 가게에 들어와서 제법 꼼꼼하게 둘러본다. 남편들은 평소 아내가 입었으면 싶은 스타일이나 색상을 고르기도 한다. 그러면서 한 마디씩 덧붙인다.

"너도 이런 거 좀 입어봐라."

"맨날 바지만 입지 말고 치마 좀 입어라."

"너무 벙벙하지 않나? 이거 입어봐라."

"이게 나한테 맞나?"

"뱃살 때문에 안 된다. 나는 이게 편하다."

가끔 대화를 듣고 있다 보면 불안함이 들 때도 있다. 괜히 옷 때문에 싸우면 어쩌나 싶은 마음이다. 눈치 빠른 남편은 이렇게 말한다.

"딱 네 옷이네. 네가 입고 싶으면 해라."

하지만 여자들은 거기에 한 마디 더 덧붙여주어야 한다.

"예쁘네. 잘 어울리네. 됐다."

이렇게 간단한 대답이라도 들어야 하는데 귀찮은 듯 영혼 없이 말을 거들면 듣고 있던 아내들은 짜증을 낸다.

"봐줄 거면 좀 제대로 봐주든지."

그러면 결국 남편은 이렇게 말한다.

"내가 볼 줄 아나, 그냥 네가 좋아하는 거 입으면 되지."

대화의 내용은 대부분 이렇다.

듣고 있으면 살짝 웃음이 나기도 하지만 조마조마할 때도 있다. 남편의 반응이 마음에 들지 않으면 아내의 목소리는 남편에게 약간 짜증이나 화가 난 톤으로 바뀐다. 그러면 남편 역시 낯선 옷 가게 주인인 내게 무안해져 표정이 바뀌고 목소리 톤이 달라진다. 하지만 가게에서 이런 모습을 보이는 경우는 몇 번 없었다. 우리 손님들의 남편은 아내의 비유를 적절하게 잘 맞춰주는 스타일인 것 같았다. 그렇지 않으면 같이 오지도 않겠지? 어쩌다가 볼일 보러 가는 길이나 오는 길에 동행하게 되면 남편은 그냥 옷값 계산할 때나 들어오는 편이 나을 것이다. 부부 유형을 보면 좀 다정한 남편들은 아내가 만족해하는 모습에 그저 고개를 끄덕여준다.

"됐네, 괜찮네. 요래 입어라."

이 정도의 관심이면 무뚝뚝하다는 경상도 남자로서는 아주 높은 점수를 주고 싶다. 내 아내의 몸은 생각하지 않고 밖에서 젊고 날씬한 여자들이 예쁘게 입고 다니는 모습을 상상하며 아내에게 옷을 권하면 아내도 짜증을 낼 수밖에 없다.

이제는 손님들뿐 아니라 남편들도 몇 분 얼굴을 익혀서 편하게 들어와 앉아서 책을 읽거나 차 한잔을 마시기도 한다. 그러다가 다른 손님이 들어오면 배려한다고 매너 있게 자리를 비켜주기도 한다.

"여자들은 왜 옷을 두고도 옷이 없다고 해요?" 나보고 묻는다. 그러면 "저도 옷이 넘쳐나는데 옷이 없어요"라고 웃으며 말한다.

여자들이 좋아하는 옷이 비싸고 좋은 옷이 아니라 '새 옷'이라는 말을 어디선가 들었는데 그 말이 맞는 것 같다. 새 옷이 없으면 옷이 없다고 말하는 것이다. 내가 옷 가게를 하면서도 신상을 자주 내리는 이유이기도 하다. 같은 옷을 계속 팔지 않는다. 내가 싫증이 나서 잘 못 한다. 빨리빨리 회전시키고 신상을 자주 내려서 늘 새로운 것을 보아야 하는 '중독' 비슷한 것이다. 이 때문에 나는 다른 옷 가게 사장님들보다 더 많이 바쁘고 부지런해야 한다. 여자들의 옷장에서 잠자고 있는 옷들은 '언젠가는 입겠지' 하는 미련으로 넣어두고 있지만, 막상 입으려고 꺼내면 또 마음에 들지 않아 다시 걸어두게 된다. 새 옷을 하나 장만하면 그때부터는 망설였던 옷은 거의 입을 일이 없어진다. 그러므로 여자들의 옷장에는 옷들이 쌓여가고 있다. 이것은 내 이야기이기도 하다.

남자들은 이해하지 못하겠지만 여자들은 쓰레기 버리러 갈 때 입는 옷도 따로 있다. 집 안에 있다가 음식물 쓰레기든 재활용이든 버리기 위해 집 밖을 나갈 때(아파트 단지는 벗어나지 않지만) 입는 옷으로 사가기도 한다. 설마 쓰레기 버리러 갈 때마다 그 옷으로 갈아입는다고 생각하지는 않겠지? 그 말은 그냥 평상시에 집안일 할 때 입기 좋은 옷이라는 뜻이다. 여자들은 집에서 입는 옷도 부담 없는 가격의 새 옷을 좋아한다. 여자들의 드레스 룸에 옷이 많이 걸려 있다고 해서 옷이 많은 것은 아니다. 불과 얼마 전 쇼핑을 했지만 가게에 들르면 또 옷이 없다고 말하는 손님도 있다.

"얼마 전에 사갔는데 요즘 또 입을 옷이 없어요."

계속 새 옷을 입다가 질리면 또 새 옷이 그리워진다. 간혹 세탁을 하고 나면 새 옷 느낌이 사라져서 입기 싫다는 손님도 보았다. 중요한 것은 지금 당장 입을 새 옷이 있어야 옷이 없다는 생각을 하지 않게 된다는 것이다. 여자들은 매번 똑같은 옷을 입고 외출하는 것을 싫어한다. 그래서 여자들은 옷이 많아도 없다. 그것들은 새 옷이 아니니까.

2. 지금의 아줌마들에게 가장 필요한 옷

"언니, 우리 아이 어린이집 차 태워주러 나갈 때 입을 만한 옷 있어요?"

'왜 그런 옷이 따로 필요하지?' 물론 이해가 안 될 수도 있다. 처음 가게를 시작했을 때 손님들 중 어린 자녀를 둔 주부가 많았다. 나는 애들 키울 때 직장을 다녔으니 집에서 입는 꼬질꼬질한 옷차림으로 아이의 유치원 차를 기다려본 적이 없었다. 그래서 나보다 젊은 엄마들의 그런 심정을 몰랐다. 하지만 같은 여자로서 어떤 마음인지 충분히 이해할 수 있었다. 옷 가게를 하면서 젊은 엄마들의 이야기를 듣다 보니 '요즘 엄마들은 이런 옷도 있어야 하는구나' 하고 힌트를 얻기도 했다. 아이들과 함께 활동하기가 편해야 했기 때문에 외출복보다는 가볍게 입을 만한 옷을 원했던 것이다.

결혼하기 전 직장 생활을 할 때 젊은 아기 엄마들을 보며 '나는 저런 아줌마는 되지 말아야지' 하고 생각한 적이 있었다. 도대체 '저런 아줌마'는 어떤 사람인가? 내 사전에 '아줌마'라는 단어는 없을 줄 알았던 자만심 많은 아가씨였다. 아기를 업고 다니는 새댁들의 초라한 모습을 보며 나는 절대로 그렇게 살지 않으리라는 철없는 생각을 했었더랬다. 나는 마냥 이 모습 이대로 남을 것 같은 착각을 하고 살았다.

30년 전, 젊은 엄마들은 대부분 아기를 포대기에 업고 다녔다. 옷이며 스타일은 의미가 없었다. 포대기를 풀어보면 엄마 옷에는 우유 찌꺼기가 묻어 있기도 하고 아기가 흘린 침이 묻어 있기도 해서 얼룩이 생기는 건 예사였다. 게다가 옷은 구겨져 있고 목은 늘어나 있다. 아기들은 왜 그렇게 엄마의 옷을 잡아당기는지, 목이 축 늘어나는 것이다. 아기가 흘린 우유나 침 등으로 엄마 옷에서는 늘 특유의 아기 젖 냄새가 난다. 그래서 하루에도 몇 번씩 옷을 갈아입어야 했다. 아무리 좋은 옷을 입어도, 자주 빨면 옷은 금세 낡는다. 이런 아기 엄마들은 나보다 적게는 두세 살, 많아봤자 대여섯 살 차이 나는 새댁이었다. 이런 아기 엄마들의 모습을 보며 '나는 저런 아줌마는 되지 말아야지'라고 생각하는 것은 당연했다. 가뜩이나 옷을 좋아하는 나는 포대기로 다 가리더라도 예쁜 옷을 입는 것을 포기할 수 없다고 생각했다.

어느덧 나도 결혼하여 아기 엄마가 되었다. 나 역시 내 아이들을 업어서 키웠다. '아기 띠'라는 것이 있었다. 포대기보다는 스타일이 그나마 덜 망가지는 것이다. 하지만 아기 띠는 불편하고 힘들어서 거의 포대기로 업고 다녔다. 가까운 곳은 유모차를 태우고 다니기도 했지만, 아기들은 내 등에 업혔을 때 제일 안정감이 있고 편안해했다. '나는 저런 아줌마는 되지 말아야지' 했지만 나 또한 영락없는 아줌마가 되어갔다. 모든 것은 아기가 먼저였다. 내 몸에서도 젖 냄새가 날 수밖에 없었다. 천으로 된 기저귀 가방을 들고 다녔고, 머리도 아기를 업었을 때 아기 얼굴에 스치지 않도록 짧게 잘랐다. 가끔 긴 머리를 풀어헤친 채 아기를 등에 업은 엄마들을 보면 화가 났다. 말 못하는 아기는 엄마 머리카락 때문에 찔리는지 눈도 잘 못 뜨기도 했다. 얼굴을 간지럽히니 고개를 젖히기도 했고 손으로 얼굴을 문지르기도 했다. 아기를 업을 때는 머리도 묶어야 했다. 그게 귀찮아서 큰아이가 백일이 되기 전에 등까지 내려오던 긴 머리를 짧게 잘랐다. 그 이후 30년이 지나도록 한 번 자른 머리는 더 이상 기르지 못했다. 내가 새댁이던 30년 전에는 아기 엄마들에게 이렇다 할 패션이나 스타일은 없었다.

큰아이가 백일쯤 되었을 때 제대로 된 옷이 없었다. 대부분이 임신 중에 입던 옷이었으며 임신 전에 입었던 옷들은 출산 후 살이 빠지지 않아 맞는 옷이 없었다. 그리고 임신 전에 입던 옷은 아기를 키우면서 입을 만한 옷이 아니었다. 옷을 좋아하던 내게 있을 수 없는 일이었다. 아기 때문에 쇼핑을 하러 갈 수도 없었지만 동네에 요즘처럼 작은 옷 가게도 없었다. 아이를 업고 백화점을 가더라도 옷을 제대로 입어보고 살 수 없었으며 직원들은 아이를 업고 오거나 유모차를 끌고 오는 새댁을 반기지 않았다. 썩 좋은 고객은 아니었을 것이다. 아기 때문에 선택의 폭도 좁아서 옷 고르기가 힘들었다. 나는 이미 이런 과정을 겪은 후라서 옷 가게에 새댁들이 왔을 때 누구보다 그 심정을 잘 이해할 수 있었다. 그리고 아기 엄마들에게 어떤 옷이 필요한지도 잘 알 수 있었다. 내가 아기를 키우던 젊은 엄마였을 때 입고 싶은 스타일이 있었지만 찾기가 쉽지 않았고, 막상 사와도 잘 입지 않고 불편한 옷들이 많았다. 오래전이지만 나도 새댁이던 시절이 있었기에 이런 경험들이 나보다 젊고 아직 어린 엄마들에게 도움을 줄 수가 있었다.

주부인 손님들은 오가며 잠시 들르는 참새 방앗간 같은 동네 옷 가게에서 작은 행복을 느끼고 싶어 했다. 아기를 키우고 살림을 하면서 유일한 낙이 오며 가며 우리 옷 가게를 들르는 일이었을 것이다. 대부분 옷을 살 때 좀 질긴 옷을 찾았다. 아기들이 잡아당기면 금세 늘어나고 잦은 세탁으로 원단이 후줄근해지기 때문이다. 매일 아이와 부대끼고 안아야 하고 업기도 하니까 원단도 좋아야 했다. 아기가 엄마에게 안겨 얼굴을 비비기도 하니 부드러운 면 소재여야 했다. 이런 엄마들에게 딱 필요한 옷, 가격이 싸면서 편하게 입을 수 있는 티셔츠들이 참 많이 필요한 시기였다. 알다시피 좋은데 저렴한 물건은 없다. 내가 노력해야 했던 것은 원단은 좋으면서 착한 가격의 옷을 고르는 일이었다. 그렇게 업고 다니던 아기들이 어린이집이나 유치원을 다니기 시작하면 엄마들은 옷에 신경을 쓰기 시작한다. 아이들이 어딘가로 가고 나면 아기 띠나 포대기에서 해방된 엄마들은 몇 년 동안 예쁜 옷을 입어보지 못했던 상황에서 벗어나게 된다. 임신 중일 때는 못 입었고 아기 때는 업고 다니느라 못 입어본 예쁜 옷을 입고 싶어진다. 몸이 불어나고 몸매가 변했지만 아가씨 때의 예뻤던 모습을 기억하며 옷을 입어보고 싶은 것이다. 가게에 와보면 입고 싶은 것이 많다. 하지만 아이들에게 들어가는 지출이 많다 보니 늘 지갑은 얇다. 사고 싶은 것은 너무 비싸거나 아직은 못 입을 것 같은 '그림의 떡' 같은 옷들만 걸려 있다면 우울해질 것 같았다.

 '참새가 방앗간을 들렀는데 하나라도 건져 갈 것이 없다면 얼마나 스트레스일까?' 이런 생각을 하며 하나쯤은 몸값이 착하면서 누구나 입을 수 있는 아이템을 고르는 것에 좀 더 신경을 썼다. 빈손으로 돌아갈 때의 기운 빠지고 시큰둥한 모습과는 달리 부담 없는 값을 치르고 즐거운 마음으로 돌아가는 행복한 미소를 보았다. 그런 모습을 보며 나도 행복해했다. 손님이지만 같은 여자의 심정으로 그 마음을 이해하고 바라보면서 어떤 옷들을 주어야 할지 고민도 하게 되었다. 그 고민하는 과정이 내가 단순히 옷만 파는 것이 아니라는 것을 느낄 수 있도록 했다. '이 정도의 가격으로 참 잘 샀다.' 이런 생각으로 늘 즐겨 입게 된다면 지불한 옷값에 비해 얻는 '행복지수'는 너무나 큰 것이다. 값이 착하면서 가성비 좋은 옷들을 쥐어주는 일은 나에게도 뿌듯하고 보람 있는 일이었다.

 엄마들이 아이 학원 차 기다릴 때나 유치원 버스 태우러 나갈 때 만나게 되는 이웃 엄마들의 옷차림을 보게 된다는 것을 이해해야 한다. 잠깐 유치원 선생님과 인사를 나누는 순간이라도 '누구 엄마'라는 생각을 하고 있을 것이다. 예뻔 엄마, 깔끔한 엄마가 선생님에게 '우리 누구 오늘도 잘 부탁합니다'라고 한 마디 해줄 때 아이는 얼마나 밝고 긍정적으로 하루를 보낼 수 있을까. 오늘도 전업주부인 젊은 엄마들은 아이들의 등원이나 하원을 기다리며 옆집 엄마랑 길에 서 있을 것이다. 이때 엄마가 입은 옷은 자존심이며 아이에게는 자신감이 된다.

3. 시선을 끄는 매력이란 과연 무엇인가

　지나치게 남을 의식하지 말라고 말들 하지만 대부분의 여자는 늘 외모에 신경을 쓴다.

　눈에 띄는 옷차림이나 외모라서 눈길을 끄는 것과, 꾸미지 않은 것 같으면서 눈길을 끄는 사람은 무언가 다른 매력이 있다고 생각한다. 흔히들 쓰는 단어인데 정말 '매력'은 무엇일까?

　매력(魅力)은 '사람의 마음을 사로잡아 끄는 힘'이라고 사전에 나와 있다. '도깨비 매(魅)' 자로 '홀리다'라는 의미가 있다. '홀리는 힘' 즉 마음을 끄는 힘이다.

　그리고 시선(視線)은 '눈이 가는 길'이라고 정의되어 있다. '시선을 끄는 것'과 '마음을 끄는 것'은 분명 다르다. 시선은 말 그대로 눈길을 끌 뿐이지 마음까지 움직이는 힘은 아니라고 생각한다. 시선을 끄는 사람보다 매력이 있는 사람이 되는 것이 더 어렵다. 그것은 옷만 잘 입는다고 되는 것은 아닐 것이다. 옷은 그 사람이 가진 매력을 표현하는 수단일 뿐이다.

　본래의 매력에 비해 옷으로 포장한 비중이 크다면 어느

정도의 시간이 지나면 금방 실체가 드러나게 마련이다. 그러니 옷으로 포장된 겉모습보다 옷 속에 드러나지 않고 숨은 매력이 더 많은 사람이 알아갈수록 끌리는 사람이 아닐까?

모임에 나가면 웃으면서 안 보는 척하지만 위아래를 재빠르게 스캔할 때가 있다. 그러면 누군가가 눈에 들어온다. '아, 뭐지?', '오늘 왜 이리 예뻐 보이지?' 그런 생각이 들면 그때부터 자신이 초라하게 느껴진다. 그래서 여자들은 모임에 갈 때 옷차림에 민감하다. 첫눈에 스캔당하는 그 눈길을 알기에 신경을 쓰는 것이다. 그러다가 분위기가 무르익고 대화가 오가다 보면 첫눈에 들어왔던 겉모습은 조금씩 잊힌다. 나의 경우, 옷 장사를 하고 있고 옷을 좋아하지만 사람을 옷이나 외적인 모습으로 평가하지는 않는다. 시선을 강타할 만큼 꾸미지 않았음에도 시선을 끄는 사람은 분명 매력이 있는 사람이다.

어릴 때부터 옷에 신경을 많이 썼다. 잠깐 나가도 대충 입기가 싫었다. 그런데 여기서 중요한 것은 남들이 볼 때 절대 신경 써서 입은 티가 나지 않아야 한다는 것이다. 나는 화려한 스타일이나 눈에 띄는 옷을 선호하지 않는다.

그냥 평상시에 손에 잡히는 대로 툭툭 걸치고 나온 듯한 옷차림, 내가 좋아하는 스타일이다. 사실 무심하게 입은 것 같은 스타일이야말로 엄청 고민하고 이래저래 코디를 해보고서 맞추어 입은 것이다. 길을 걷거나 마트나 식당, 카페 등 사람들이 많은 곳을 갔을 때 사람들이 한 번쯤은 더 돌아보거나 눈길이 따라오는 것을 느낄 때, 내가 만약 그 대상이라면 좀 우쭐해질 때도 있다. '내가 좀 괜찮아 보이나?', '좀 세련돼 보이나?'

본인들이 평소 입고 싶던 스타일의 옷차림이거나 사고 싶었던 디자인일 경우 자동으로 눈길이 가는 것이다. 나 역시 지나가는 사람들의 옷차림이 내 스타일이면 한 번쯤 돌아보게 된다. 그리고 앞에서 말했듯이 시선을 끄는 옷차림이나 외모일 때 한 번 더 돌아보기도 한다.

옷이 예쁘다고 다 잘 어울리는 것은 아니다. 본인에게 잘 어울리는 옷을 입었을 때가 가장 예쁘다. 자신만의 색을 가지고 있으며 입었을 때 나의 장점을 잘 살려주는 옷, 그 옷이 나에게 가장 예쁜 옷이라고 생각한다.

특정 직업, 신분 등을 나타내거나 용도가 정확해야 하는 옷이 아닌 경우는 대부분 본인들의 개성과 취향이 옷으로 표현된다. 내가 9년 반 동안 병원에서 유니폼을 입었을 때도 잠깐 출퇴근 시간에만 입는 옷에 그렇게 신경을 쓴 것은 자기만족을 위해서였다. 출근하면 유니폼으로 갈아입는데도 옷이 많이 필요했다. 막상 옷 가게를 시작하자 내가 입고 싶었던 옷을 마음껏 입으면서 그동안 표현하지 못했던 나를 자유롭게 표현할 수가 있었다.

"그동안 이렇게 많은 끼를 어떻게 참고 살았어요?"

"유니폼 입었을 때랑 너무 다르네요."

"딴사람 같아요."

나는 이 말이 지금이 훨씬 매력적이고 보기 좋다는 뜻으로 들렸다.

옷은 본인 만족이라고 한다. 본인이 만족스럽지 못하면 내가 만족할 때까지 많이 입어봐야 한다. 옷을 잘 입는 사람은 코디를 다양하게 잘한다. 브랜드 옷은 대부분 단품 하나로 표현이 되어서 하나만 사서 입으면 특별히 코디에 신경 쓸 것이 없다. 브랜드 옷은 전문가들이 여러 종류의 샘플을 만들어둔다. 늘씬한 모델에게 위아래로 코디해 입힌 뒤 사진을 찍어서 책으로 만들어 매장마다 배치한다. 손님들은 그렇게 정해진 샘플대로 옷을 입는다. 그래서 그 매장에서 산 옷을 상하로 맞추어 입으면 힘들지 않게 코디할 수가 있다. 가끔 그런 것을 볼 때면 '내 옷'이라기보다 '메이커'를 걸쳤다고 표현하고 싶다.

나는 한 장 한 장 준비해서 이것저것 다양하게 매치시켜 코디하는 일을 거의 매일 하고 있다. 동대문 상가의 많은 매장에서 상하 따로따로 고른 옷들을 어울리게 코디해서 디스플레이까지 전부 나 혼자 한다. 그리고 직접 입어보고 사진을 찍어서 카카오스토리에 올려 손님들이 볼 수 있도록 한다. 나의 카카오스토리는 백화점 브랜드 의류 매장에 비치되어 있는 신상 카탈로그 역할을 하는 것이다. 의상실은 아니지만 손님들 체형이나 개성에 따라 스타일을 맞춰주고 싶은 욕심이 있다. 손님들마다 똑같이 코디해주는 것이 아닌, 본인에게 어울리는 옷을 입혀주고 싶다. 적어도 나에게 오는 손님들은 어딜 가더라도 '옷 예쁘게 잘 입었네'라는 말에 자신감을 가지기를 바란다.

아직은 젊게 살고 싶은 우리 주부님들은 부지런히 옷에 변화를 주면 멋쟁이가 될 것이라고 생각한다. 본인에게 맞는 옷을 찾는 과정에서 안목도 높이고 더불어 자신감도 생기는 것이다. 티브이나 팸플릿 등의 모델들이 입은 모습에 현혹될 필요도, 위축될 필요도 없다. 뱃살이 있으면 있는 대로 조금씩 커버해주며 본인들에게 맞는 옷을 입는 것이 가장 매력 있고 자신감 넘치는 모습이다. 매력은 외모보다는 내면에서 온다는 사실을 잊지 말자.

제2장 _____ 옷을 팔아야 하는 사람과 옷을 사야 하는 사람

4. 다음 생에도 여자로 태어날 거야

#1

"다음 생애는 절대로 여자로 태어나지 않을 거야."

우리 세대들은 여자들끼리 모이면 대부분이 다음 생에는 절대로 여자로 태어나지 않을 것이라고 말했다. 요즘은 시대가 변해서 생각이 다를 수도 있겠지만.

"나는 다음 생에 태어나도 또 여자로 태어날 거야."

내가 이상한지는 모르겠지만 나는 한 번도 다시 태어나면 남자로 태어나고 싶다고 생각해본 적이 없었다. 여자들은 나만 봐도 까다롭고 까칠하고 어렵다. 나 같은 여자를 만나면 삶이 피곤할지도 모른다. 변덕도 심하고 외출 한 번 하려면 옷을 여러 벌 입었다 벗었다 한다. 결국 그 옷이 그 옷 같고 늘 입던 옷을 입으면서 안방 침대 위에 옷을 순서대로 눕혀놓고 선택하면서 시간을 끈다. 내가 남편이라면 얼마나 피곤한 일일까 싶다.

"고마 대충 입어라. 그 옷이 그 옷인데."

"어떤 게 더 날씬해 보이노?"

"다 똑같다."

"딸들아, 엄마 어떤 거 입을까?"

"아, 엄마 모르겠어. 엄마 옷은 다 비슷해."

"아니 어떤 게 더 날씬해 보이냐고."

"있는 그대로 보여."

영혼 없이 말한다. 간혹 기분이 좋으면

"엄마, 이게 더 나은 것 같아."

"이게 좀 더 날씬해 보이네."

이런 구체적인 대답을 들을 수 있다. 그나마 딸만 둘이라, 하나만 내 옆에 있어도 괴롭히면서 대답을 강요한다. 둘 다 있을 때는 선택하기가 더 좋다. 둘의 대답을 듣고 내 결정을 보태면 더 잘 고를 수 있기 때문이다.

아들만 둘 있는 여동생은 나보다 만만치 않다. 수시로 전화를 해서 묻고 사진을 찍어서 보내 묻고, 내가 바쁘고 귀찮아 할 때는 우리 딸들에게 사진을 보내서 '이게 낫나, 저게 낫나' 묻기도 했다.

"지언아, 이거 오늘 산 옷인데 괜찮나? 뚱뚱해 보이지 않나?"

사진을 보내서 물어보는 것이다.

우리 딸들은 이모의 질문에 친절하게 대답을 해준다.

"네 예뻐요. 이모."

이 대답이 아니면 이모는 계속 묻는다.

"별로가? 이상하나?"

이미 입은 옷은 못 바꾸는 것을 알기에 괜찮다고 잘 어울린다고 잘 샀다고 말해주어야 한다. 안 그러면 바꾸지도 못하고 혼자 끙끙 앓을 것이고, 그 옷을 입을 때마다 전화해서 또 괴롭힐 것이기 때문이다.

어떤 날은 미용실에 다녀온 후 "이모 파마했는데 괜찮나? 너무 나이 들어 보이지 않나?" 하고 묻기도 했다. 이미 나에게 단련이 된 딸들은 대답도 잘한다.

"네. 이모 괜찮아요."

애들은 해야 하는 답을 이미 알고 있다.

만약 여동생에게 "이모, 나이 들어 보이는데요"라고 답하면 그때부터 잠도 못 자고 나한테도 계속 묻는다.

"언니야, 우짜꼬? 실패했다. 다시 할 수도 없고 망했다."

"다시 할까? 머리 상하겠지?"

"좀 지나면 자연스럽겠다. 일주일만 있어봐라."

나의 대답도 늘 정해져 있다. 막상 다시 하라고 하면 다시 하지 않는다. 동생은 이미 본인이 정답을 알고 있으면서 계속 묻는다. 딸이 있다는 것은 이런 면에서 참 좋다. 딸이 없는 여동생은 우리 딸들이나 나에게 같은 여자라는 이유로 옷이나 머리에 대해 문의를 한다. 심할 때는 여동생이 병적이라고 느낄 때도 있었지만, 동생도 옷 가게를 시작한 이후 몇 년이 지나면서부터는 이런 일로 전화를 거는 일이 좀 줄어들었다.

#2

　나도 때론 정말 병적인 것 같다. 특별한 디자인이나 색다른 옷도 없으면서 외출을 할 때면 옷장을 뒤엎을 때가 있다. 오랜만에 만나는 친구들 모임이 있거나 특별한 날에 평소와 다르게 입고 나가면 오히려 그것이 나를 더 신경 쓰게 만들었다. 어색하고 불편하고 입고 나간 옷이 마음에 들지 않아 당장 갈아입고 싶은 마음이 들 때도 있었다. '다음에는 그냥 평상시 내가 입던 대로 입고 나가야지' 생각하지만 막상 나갈 때면 한바탕 난리가 난다. 그런데 이런 경험은 나뿐 아니라 대부분의 여자가 한 번쯤은, 아니 여러 번은 경험했을 것이다.

　여행 준비를 할 때 옷을 챙기다 보면 무슨 패션쇼를 하는 것도 아니고 조식을 먹으러 갈 때 입는 옷 따로, 낮에 입는 옷 따로, 저녁에 잠깐 입을 옷 따로 잘 때 입는 거 따로… 이렇게 가방 한가득 옷을 챙겨야 든든하다.

　친구 서정이와 캄보디아로 여행을 갔을 때가 생각난다. 직장 생활로 바쁜 서정이는 준비를 급히 하는 바람에 옷을 여유 있게 챙겨 가지 못했다. 더운 나라여서 땀을 많이 흘리다 보니 매일 갈아입어야 했다. 결국 친구는 내 트렁크를 뒤져 챙겨온 새 옷을 팔라고 했다. 같이 온 언니도 내 옷가방에서 골라 입었다. 나는 본의 아니게 챙겨 간 옷을 친구와 언니에게 팔아 맥줏값을 벌었다.

"니는 여기까지 와서 옷 장사를 하네?"

"니 이러려고 새 옷도 챙겨 온 거제?"

"계획된 일이제?"

"니는 옷 가게 사장님이 천직이다."

"직장 때리치우고 옷 장사 시작한 거는 정말 잘했다."

고작 4박 5일의 여행이지만 사진에는 매일 다른 옷을 남겨야만 만족하는 내 성격 때문에 친구와 언니는 캄보디아에서 우리 집 옷을 사 입은 일화를 남겼다. 우리는 맥주 한잔하면서 한바탕 웃을 수 있었다.

오래전 동유럽으로 여행 갔을 때도 그랬다. 그때도 하필 여름이어서 9박 10일 동안 매일 옷을 갈아입어야 했다. 집에 있는 캐리어는 엄청 큰 사이즈와 작은 사이즈 두 가지뿐이었는데 작은 캐리어는 너무 작아서 옷 몇 가지만 넣어도 가득 찼다. 어쩔 수 없이 제일 큰 캐리어를 들고 갔다. 그러다 보니 옷을 얼마나 챙겼는지 매일 갈아입을 옷을 넣었다. 결국 이동할 때마다 나는 내 덩치만 한 가방 때문에 힘들었다. 며칠 지나자 가이드가 한 마디 했다.

"강은미 님이 들고 온 가방이 제일 큰 거 아시죠?"

"어떻게 본인 덩치만 한 가방을 들고 오셨어요?"

"도대체 가방 안에 뭐가 들었어요?"

웃으면서 던지는 농담이었는데 좀 부끄럽기도 했다. 친구랑 둘이 간 여행이라 나의 무거운 캐리어를 들어줄 남편이라는 든든한 짐꾼도 없었다. 하지만 여행 막바지쯤 이르자 나는 빛을 발하기 시작했다. 옷을 여유 있게 챙겨 오지 않은 일부 여행객들은 꼬질꼬질해지기 시작했다. 유럽의 여름 낮 기온은 38도씩 올라갔다. 종일 땀이 밴 옷을 갈아입을 여유분의 옷이 없었던 것이다. 나는 큰 캐리어 덕분에 9박 10일 동안 깨끗한 옷으로 매일 갈아입었으며 쇼핑한 것도 모두 넣을 수 있었다. 사람들은 잔뜩 구입한 부피 나가는 물건들을 땀을 뻘뻘 흘리면서 들고 다녔다. 특히 가족과 함께 여행 온 남편들은 짐꾼이 되었다. 공항에서 무게 초과로 또 한바탕 난리를 벌이긴 했지만 우스운 에피소드가 많은 것 또한 여행을 기억하는 한 가지 방법이다.

"나는 여자가 훨씬 좋아."

"다음 생에도 여자로 태어날 거야."

나는 화장을 진하게 하거나 머리 모양을 화려하게 하지도 않는다. 장신구나 보석 등을 걸치는 것을 즐기지도 않는다. 그런 것을 싫어하지는 않지만 비중을 그만큼 두지 않는다는 것이다. 다만 언제나 예쁜 옷을 입을 수 있는 여자만의 특권 같은 것. 나는 그것이 좋다.

5. 일상이 무탈하기 때문에 옷 이야기를 하는 거예요

남자들이 모이면 군대 이야기를 하듯이 여자들은 모이면 옷 이야기를 한다. 여자들의 이런 대화나 행동에 혀를 끌끌 차면서 한심해하는 남자들도 있을 것이다. 하지만 시대가 많이 변했다. 요즘은 여자 못지않게 젊은 남자들도 옷에 관심이 많으며 신경을 많이 쓴다. 온라인 쇼핑몰을 자주 이용하고 본인의 개성 있는 스타일을 찾아가면서 옷을 입는 젊은 친구들을 자주 볼 수 있다. 옷 이야기가 여자들만의 전유물은 아닌 것도 같다.

여자들은 옷을 잘 입는 것으로 자신을 표현하며 자신감도 충전한다. 하지만 이렇게 옷 이야기를 하는 여자들의 머릿속이 모두 옷으로만 가득 차 있는 것은 아니다. 여자들끼리 모였을 때는 이런 모습을 많이 보여주지만 건강하고 심각한 걱정거리가 없을 때나 가능한 일이다. 만약 사랑하는 여자나 아내가 이렇게 옷 이야기를 하면서 눈을 반짝인다면 그녀는 지금 큰 고민거리가 없으며 무난하고 평범하며 행복한 일상을 즐기고 있는 중이라고 생각하면 된다. 몸이나 마음이 아프거나 근심 걱정이 가득하다면 쇼핑도 즐겁지 않으며 옷에 관심도 가지지 않을 것이다. 내 아내가 '무슨 옷을 입을까' 고민하거나 옷 타령을 한다면 '아, 지금 행복한 것이구나', '무탈한 일상의 한 장면이구나' 하고 생각하면 저절로 미소 지을 수 있을 것이다.

나 역시 20대 아가씨 시절과 애기 엄마 시절에 나누었던 옷 이야기를 글로 쓰다 보니 그 시절에 큰 고민 없이 누렸던 소소한 일상으로 기억에 남았다. 그래서 당시를 회상하면서 미소가 내내 떠나질 않았다.

늦은 밤까지 여동생과 둘이 새 옷을 입어보면서 속닥거리는 소리를 우리 부모님은 잠결에 들었을 것이고 두 분은 우리 자매가 하하 호호 소리에 딸들이 행복한 것 같아 안심이 되었을 것이다. 지금은 내 딸들이 동생에게 언니에게 본인이 산 옷을 서로 보여주면서 대화하는 모습을 본다. 거의 온라인 쇼핑을 하는 딸들은 주문해서 받은 옷을 입어보고 서로 뭐가 그리 즐거운지 깔깔거리며 속닥거린다. 30년 전 나와 여동생의 모습을 보는 듯하다. 두 딸이 우리 집에 큰 걱정이 있거나 부모님이 아프면 옷 이야기를 하면서 깔깔거릴 수 있을까? 행복은 이렇듯 소소한 일상에서 저절로 묻어나오는 것 같다.

결혼하기 전까지 여동생과 나는 계속 한방을 썼다. 우리 둘 다 사회인이 되어 우리가 번 돈으로 옷을 사 입을 수 있게 되었을 때 우리는 친구처럼 같이 쇼핑하러 다녔다. 동생은 여고생 때부터 나보다 키도 크고 덩치도 커서 같이 쇼핑하러 가면 나를 동생으로 아는 사람들이 많았다. 누구보다 만만한 쇼핑 친구였지만 둘이 보는 눈도 비슷했다. 내가 사고 싶은 옷을 동생도 똑같이 사고 싶어 해서 옥신각신하기도 했다. 여동생은 내가 고른 옷을 좋아했는데 그럴 때마다 자기가 먼저 사려 한 것이라고 말하기도 했다.

나보다 수입이 많았던 여동생은 비싼 옷도 잘 사 입었다. 하지만 비싸다고 반드시 예쁜 건 아니다. 나는 옛날에도 옷 잘 입는다는 말을 종종 들었다. 가끔 서로 빌려 입기도 했지만 여동생은 좀 비싸고 좋은 옷은 빌려주기 싫어했다. 같이 입을 수 있는 옷은 빌려 입고 싶었지만 네 거 내 거가 분명했던 여동생은 내키지 않아 했다. 나보다 좋은 옷이 많기에 굳이 그렇게 할 이유가 없기도 했을 것이다(이제 와서 말이지만 나는 박봉에 힘든 치과 일을 하고 있었기에 가족들 몰래 아버지께서 용돈도 주셨다. 아버지는 내가 말하지 않아도 어떻게 그런 것을 다 아셨을까? 여동생이 이 글을 본다면 또 한 번 아버지에게 배신감을 느낄지 모른다. 아버지는 언니만 챙긴다고).

"언니야, 이번에는 진짜 내 옷 입지 마라."

당부를 한다. 그러면 나는 또 거짓말을 한다.

"알았다."

출근 시간이 나보다 빨랐던 여동생이 출근한 뒤에 동생 옷을 몰래 입고 나가기도 했다. 저녁에 여동생이 나보다 먼저 와 있는 날이면 그날은 싸우는 것이다. 물론 우리는 만날 말로만 싸웠지 서로 욕을 해본 적도, 몸싸움을 해본 적도 없다. 그리고 하룻밤 지나고 나면 여느 때와 똑같다. 이런 것이 자매라서 좋은 점이겠지? 오랜만에 쇼핑하고 온 날은 밤이 늦도록 입어보고 바꿔서 입어보고 코디를 해보며 서로를 봐주기도 했다. 지금처럼 인터넷으로 내일의 날씨를 검색할 수 없었던 시절에는 '내일은 뭘 입을까?', '비가 오면 어쩌지?' 등의 대화로 밤이 깊어갔다. 이런 대화는 결혼 후에도 계속되었다. 내가 결혼하고 바로 다음 해에 결혼한 여동생은 일 년 만에 우리 집 일 층으로 이사를 왔다. 우리 자매의 옷 이야기는 네버엔딩 스토리였다. 같이 아이를 키우면서 아이들의 옷을 사는 것도 낙이었다. 아이들 옷을 살 때도 서로 봐주고 골라주고 '이거 예쁘네. 저거 예쁘네' 하면서 조카들의 옷도 내 아이 옷을 고르듯이 서로 봐주었다. 그리고 우리가 입을 새 옷을 사는 날은 내 옷을 동생 집에 두고 내가 여동생 집으로 내려갔다. 시댁 식구들과 같이 살고 있어서, 그땐 동생 집에서 옷을 입어보며 패션쇼를 했다.

지금 생각해보면 여동생과 내가 그렇게 보낸 시절 우리는 고작 20대 중후반이었다. 지금의 우리 딸들 나이였다. 그렇게 어린 시절부터 옷 이야기를 하며 함께 지낸 여동생이다. 나이 50이 넘은 아줌마라도 우리는 딸들에게 여전히 옷에 대해 물어본다. '이 옷 어때?'라고.

최근에는 여동생이 우리 딸들에게 전화해서 물어보는 일은 거의 없어졌다. 그러다가도 가끔 점심을 같이 먹기 위해 만나면 내가 입은 옷부터 본다.

"이 옷, 어디 꺼고?"

"나도 하나 입고 싶은데."

"벗어봐라, 나도 한번 걸쳐보자."

철없어 보이기도 하겠지만 나이가 어리든 많든 여자들의 이런 행동들은 비슷할 것이다. 우리 손님들을 보아도 그렇다. 나이가 많으신 분들도 친구들끼리 오면 하는 행동이 비슷하다. 다들 소녀가 된다. 딸과 엄마가 같이 오는 분들은 모녀가 닮았다는 생각이 들 때가 종종 있다. 나이 드신 엄마도 딸과 쇼핑을 나오시면 소녀가 되신다. 옷 좋아하는 엄마에게는 옷 좋아하는 딸이 있는 것 같다. 마치 우리 집처럼.

6. 뱃살이 나와도 여전히
우리 가게의 모델을 자처하는 이유

옷 가게를 잘할 자신은 없었다. 내가 장사라니? 꿈에도 생각하지 못했던 일이다. 오히려 전업주부였던 여동생이 옷 가게를 하고 싶다며 수시로 이곳저곳을 알아보고 다녔지만 고민만 많았고 선뜻 시작을 못 하고 있었다. 반대로 나는 전혀 관심도 없던 장사꾼의 길을 단 이틀 만에 결정했다. 내가 용기를 낼 수 있었던 것은 단골 옷 가게였던 이유가 컸다. 나에게 맞는 스타일을 준비해놓은 가게를 찾는 일이 얼마나 힘든지 모른다. 우연히 지나가다 쇼윈도에 걸린 옷이 예뻐서 들어가 보지만 그 옷 말고는 내 눈에 들어오는 것이 없는 경우가 많다. 우연히 스타일이 좋은 것 같아서 들어가 보면 하나하나 다 예쁘긴 한데 이것을 어떻게 코디해서 입어야 할지 고민될 때도 있다. 주인은 '이렇게 입어봐라, 저렇게 입어봐라' 말을 많이 하지만 내 스타일은 전혀 모르고 그냥 요즘 트렌드만 이야기하는 것이다. 그러면 결국 자신에게 맞는 옷을 고르지 못한다.

나는 나만의 스타일과 취향을 잘 알고 있는 편이었다. 그리고 나에게 어떤 스타일이 어울리며 어떤 옷을 입어야 내가 어떻게 보이는지 알고 있었다. 나는 입는 옷에 따라서 분위기가 다 달라 보였다. 하지만 늘 입던 나만의 스타일 외에 새로운 시도는 잘 하지 않는 편이다. 이런 점에서 단골 옷 가게는 편하고 좋았다. 평소에 잘 시도하지 않는 스타일도 큰 부담 없이 입어볼 수 있었기 때문이다. 그렇게 새로운 스타일을 한 번쯤 입고 거울 속 낯선 내 모습을 보며 잠깐의 호기심을 만족시켜주었다. 늘 짧은 머리만 고수하던 사람이 긴 머리가 너무 하고 싶은데 기르지는 못하니 분위기 전환으로 가끔 가발을 쓰면서 이미지 변신을 해보는 즐거움과 비슷할 것이다.

단골 가게 주인인 순미는 물건을 내리면 가게로 놀러 오라고 해 이것저것 내가 좋아하는 옷들을 편하게 입어보게 했다. 내가 열심히 신상을 입어보고 있을 때 손님들이 기웃기웃 들어오기도 하고, 내가 입는 옷을 보면서 자신들이 입었을 때의 모습을 상상하기도 했다. 그냥 걸어두었을 때는 눈에 들어오지도 않고 어떤 핏이 나오는지 짐작이 안 되는 옷을 내가 입은 모습을 보고 감을 잡고 사가는 것이다. 나는 그럴 때마다 "내가 옷발이 좋은가 보네. 내가 입으니까 바로 사가는 걸 보면" 하면서 웃었고, 순미는 나의 그런 엉뚱한 자존감에 또 씩 웃어주면서 "네. 맞아요"라고 인정을 해주었다.

순미는 나와 달리 옷을 입어보는 것을 귀찮아했으며 손님들이 스스로 입어보기를 권했다. 내가 옷 가게를 해보니 손님들을 맞으면서 옷마다 사이즈나 착용감이나 핏이 어떤가를 알기 위해서 입어보는 일이 얼마나 부지런해야 하는지 잘 알게 되었다. 그래서 옷발 좋은(일단 그 당시에는 그랬다) 나에게 시켰던 것이다. 그런 과정이 있었기에 나에게 선뜻 옷 가게를 권유했을 것이다.

"그냥 언니가 입고 싶은 옷을 사오면 돼요."

"언니가 입고 있으면 잘 사갈 거예요."

그 말에 용기를 얻을 수 있었고, 옷 가게에서 만나던 다른 손님들의 반응에 자신감도 생겼다.

옷 가게를 시작하고 처음 물건을 해왔을 때는 손님을 맞이하는 것이 가장 어려웠다. 차근차근 옷을 걸면서 어떻게 코디를 해야 하는지 고민하면서 진열을 해나갔다. 걸어놓고 마음에 안 들어 또 바꾸어보고, 진열한 것을 손님이 사가면 다시 디스플레이를 바꾸고 그렇게 하루하루 장사를 해나갔다. 힘은 들었지만 생각보다 재미있었다. 순전히 내 생각만으로 무언가를 부지런히 만들어야 하니. 어느새 2주일이 지나고 다시 서울을 갔을 때는 평소에 내가 입고 싶었던 옷을 고르기 시작했다. 막막했지만 평소에도 혼자 선택하고 결정해 옷을 사는 습관이 있어서인지 생각보다 물건을 잘 고른 것 같았다. 손님들은 새 주인에 대한 호기심과 어떤 옷들이 있을까 궁금했는지 꾸준히 왔다. 태어나서 내가 입고 싶은 옷을 이렇게 실컷 사본 적이 처음이라, 팔아야 한다는 생각을 했지만 내가 사온 옷들을 얼른 입어보고 싶은 마음도 컸다. 손님이 없는 사이에 내게 맞는 스타일을 골라서 입어보았다. 그리고 또 다른 옷으로 바꿔 입고 거울을 보면서 만족해했다. 손님이 사가기 전까지는 모두 내 옷인 셈이었다. 하지만 다 입을 수는 없었기에 서울에 다녀오면 '내가 나에게 주는 선물'이라는 명목으로 입고 싶은 신상을 입었다. 그런데 내가 입고 있으면 그 옷은 더 많이 잘 팔렸다.

"입고 있는 옷도 파는 거예요?"
낯선 손님들이 물었다. 팔지 않는 옷을 입고 있을 리가 없지.
"그럼요, 당연히 팔죠. 이 옷이에요"라고 말하는 순간 속으로 '팔렸다'는 예감이 들면서 자신감이 생겼다. 특히 바지는 내가 직접 입어보고 대충 사이즈가 어떤지 미리 파악해두었다. 내가 입었을 때의 기장과 사이즈를 기준으로 손님들의 체형에 맞는 옷을 골라주어야 했다. 잘 맞는 것을 골라주는 일은 시간이 걸렸다. 사이즈를 한 번에 찾아주지 못하면 손님은 바지를 두 번, 세 번 입어도 자신에게 맞는 것을 고르기가 힘들다. 그러다가 지치기도 하고 몸에 맞는 것이 없다고 생각해서 더는 입어보려 하지 않는다. 그래서 바지가 좀 힘들었다. 그렇지만 누구보다 주인이 부지런해야 한다고 생각했다. 요리사가 자신만의 음식을 완성하기까지 여러 번 맛보고 간도 보고 실패를 반복한 다음에 비로소 본인만의 조리법이 나오는 것과 뭣이 다를까? 나만의 완성된 코디를 위해 다양하게 입어보고 바꿔보는 일은 나만이 할 수 있는 일이다. 그렇게 입어보고 사진 찍고 카카오스토리에 사진을 올리기 시작했다.

서울 거래처에서도 몇 년 전부터 카카오스토리를 시작했다. 지금은 거의 모든 매장이 카카오스토리를 통해 지방 상인들에게 신상을 소개하고 주문을 받는다. 거래처에서 올려놓은 사진들을 내 스토리에 올리기도 했는데 손님들은 거래처 모델들이 입은 사진보다 내가 직접 입고 찍은 사진을 더 좋아했다. 늘 보던 사람이 입은 모습은 비록 사진이어도 우리 가게에 와서 직접 보는 것 같은 믿음이 생기는 것이다. 내 체형을 대충 아는 손님들은 내가 입은 모습을 보고 사이즈를 짐작할 수 있어서 모델보다 더 정확하다고 말했다.

"언니, 언니가 입고 있는 것이 훨씬 더 예뻐요"라고 말하기도 했다.

"언니가 입으니까 이런 핏이 나오지. 내가 입으면 절대 안 이래요."

손님들의 이런 말에 어깨에 힘이 들어가고 자신감이 굳어지기도 한다. 하지만 최근 나도 어쩔 수 없이 나잇살이 많이 붙어서 옷발이 받지 않는다. 바지는 한 치수를 늘려야 했으며 상체도 커졌다. 아무튼 몸매가 많이 망가졌다. 갱년기를 핑계로 대고 있는데 체중을 줄이는 일은 내가 신경 쓰고 노력해야 할 부분이다. 그래도 있는 모습 그대로 당당해지자고 마음먹었다.

손님들이 기다리는 것은 모델들의 착용 사진이 아니라 비록 살이 쪘어도 여전히 내가 입은 모습이기 때문이다. 때로는 내가 살이 쪄서 덜 예쁜 모습이어도 오히려 더 인간적으로 보인다고 말한다. 내가 뱃살이 없을 때는 뱃살 때문에 고민하던 손님들의 고충을 이렇게 이해하지는 못했다. 지금은 뱃살 때문에 바지허리가 잘 안 맞는 분들의 심정을 이해하게 되었고 어떻게 입어야 하는지 같이 고민하게 되었다.

우리 손님들은 대부분 꼭 필요한 옷을 사는 건전한 쇼핑을 하는 분들이다. 한눈에 예뻐서 충동구매를 하는 사람은 거의 없다. 그렇기에 하나를 사더라도 제대로 잘 입어야 하니까 같이 고민하고 신중하게 골라주는 것이다. 허리에 맞추면 다리통이 넓고 허벅지나 종아리에 맞추면 허리가 작아서 잠기지 않는다. 이럴 때는 어떻게 해결해야 하나? 나에게 이 옷을 예쁘게 입고 싶다고 도움을 청하는 손님들을 외면할 수가 없었다. 같이 고민하면서 맞게 입을 수 있는 디자인을 찾게 되고 체형에 맞게 수선할 수 있는 방법도 찾아주면서 신뢰가 생긴 것이다. 직접 옷을 입어보고 모델이 되었을 때 내가 느끼는 고민이 손님들의 고민이기에 뱃살 주부들의 고충을 이해하고 공감하게 된다. 이것이 뱃살이 나왔어도 여전히 내가 우리 가게의 모델이 되어야 하는 이유다.

7. 저의 취미는 옷입니다

옷을 좋아해서 옷 가게를 시작했지만 결국 목적은 돈을 버는 것이다. 좋아서 하는 일이라고 말했지만 계속 좋아할 수가 없는 상황이 발생한다. 좋아서 하는 일이기에 최선을 다해야 하고, 좋아하는 일을 계속하려면 돈도 벌어야 했다. 좋아서 하는 일, 하고 싶은 일을 하는 것이 내 직업이니 얼마나 멋진 일상인가? 직업이면서 좋아하는 일을 하는 것이고, 돈을 벌면서 취미 생활을 하는 것이다. 이런 이유로 나를 '장사꾼' 취급하는 것에 화를 냈다. 이왕이면 '꾼'보다는 프로나 전문가로 불리고 싶었다. 좋아서 하는 일을 하다 보니 거의 미쳐서 하고 있었다. 그리고 이것은 생업이면서 취미 생활같이 즐기면서 해야 하는 것이었다. 마라톤을 하듯이 길게 하고 싶은 일이기 때문이었다.

잠깐 일을 하다가 그만두고 팔고 나가고 또 어딘가에서 다시 가게를 열어 장사 좀 하다가 팔고 나가는 사람들을 더러 보았다. 나는 그런 식으로 일하는 것이 무책임하다고 생각했다. 그래서 나에게 '장사꾼'이라고 부르는 것이 너무 싫었다. 왠지 '꾼'이라는 말이 격이 떨어져 보이고 장사를 하는 사람을 낮추어 말하는 것 같았다.

'꾼'이라는 말은 사실 나쁜 의미가 아니다.

'어떤 일을 전문적으로 하는 사람' 또는 '어떤 일을 잘하는 사람', '어떤 일을 습관적으로 하는 사람' 그리고 '어떤 일을 즐기는 사람'의 뜻을 더하는 접미사다. 한편으로는 '어떤 일, 특히 즐기는 방면의 일에 능숙한 사람을 낮잡아 이르는 말'이기도 하다. '장사꾼'은 장사하는 사람을 낮잡아 이르는 말이다. '꾼'이라는 말은 '노름꾼', '도박꾼', '술꾼' 등 주로 안 좋은 것에 많이 붙인다고 생각했기에 듣기 싫었다. 그런데 장사를 하는 사람을 장사꾼이 아니면 무어라고 불러야 하는가? 나에게 '장사꾼'을 좋은 뜻으로 말한 한 친구는 화를 내는 내가 이해가 안 된다고 말하기도 했다.

나의 취미는 어느새 옷이 되어 있었다. 매일 옷을 만지고 다리고 걸고 손님들에게 입히고 또 내가 입어보면서 옷과 함께 9년의 세월을 보냈다. 하지만 오랜 시간 내 일에 프로가 되기 위해 어떤 노력을 해야 했는지 가까이서 보지 않으면 모를 것이다. 남들이 보기에 좋아 보이고 재미있어 보이지만 그 이면에는 무수한 노력도 함께한다는 것을 알아야 한다. 보람이나 성취감이 없었다면 즐거움도 모를 것이고 만족도 덜했을 것이다. 노력에 대해 좋은 결과를 얻을 때는 더 잘하고 싶은 욕심도 생겼다. 이것이 직장을 다닐 때와 다른 점이었다. 내가 노력한 만큼의 결과가 보일 때는 더욱더 일할 맛이 났다.

직장을 다닐 때는 '밥 안 먹어도 배가 부르다'는 말을 절대 이해할 수 없었다. '언제 점심시간이 되나?' 배꼽시계는 정확했으며 점심시간은 빨리 오지 않았다. 퇴근 시간이 다가오면 또 배가 고파왔다. 하지만 내 일을 시작하고는 배가 고파와도, 손님들이 많아서 밥을 제때 못 먹을 때도 웃으면서 참을 수 있었다.

경기가 좋았던 몇 년 전에는 좁은 가게가 손님들로 늘 붐볐다. 들어와서 구경하고 싶은데 비좁아서 들어오지 못하고 망설이다 돌아가는 사람들도 있을 정도였다. 다음 날 다시 오지만 그 시간에 또 붐벼서 그냥 돌아가는 손님들이 생겼다. 그러다 보면 오기가 생겨 꼭 우리 집 옷을 입고 싶어진다고 한다. 손님들은 계산하기 위해 고른 옷을 들고 차례를 기다리곤 했다. 물론 지금은 그런 시절은 꿈도 못 꾼다. 그때는 밥을 제때 먹지 못하면서 일했지만 참을 수 있었고 입에서는 단내가 났지만 입가에는 미소가 번졌다. 이제는 경기가 침체되어 예전만큼 손님이 많지도 않을뿐더러, 예전처럼 손님이 온다고 해도 제때 식사를 못 하면서 일하기에는 나이도 먹었고 체력도 안 된다. 그나마 조금이라도 젊은 나이였을 때 좋은 시절을 경험한 것 같다.

본인이 좋아서 하는 일은 이토록 지쳐도 지치지 않고 즐기면서 할 수 있다. 일을 일이라 생각하고 하면 피곤하고 빨리 지치지만, 취미 생활처럼 일을 하면 지칠 것 같은 상황도 즐길 수 있었다. 신상을 내리고 나면 그 옷들이 마치 내 아기들인 양 예뻐서 어쩔 줄 몰라 했다. 그건 지금도 마찬가지다. 생명이 없는 물건이지만 나에게 오면 마치 생명을 불어넣은 것처럼 옷을 대했다. '예쁘다' 말해주면 그 옷은 더욱더 예뻐진다고 했다. 손님들에게 내가 예뻐하는 옷이 어떤 것인가를 일일이 말하지 않아도 가게에 와서 구경하고 이야기하다 보면 알게 된다.

"언니 눈에는 다 예쁘죠?"

"네. 내 눈에는 다 예뻐요."

이 말은 언제나 진심이었다. 손님들도 팔기 위해서 그냥 하는 말이 아니라 정말 예뻐한다는 것을 알고 있었다. 예쁘지 않으면 우리 가게에 데려올 이유가 없는 것이다. 직접 입어보고 코디해보면서 옷에 생명을 불어넣고 날개를 달아주는 일. 그것 또한 내가 해야 하는 일이다. 옷은 전시용이 아니라 누군가에게 예쁘고 근사하게, 때론 편하게 잘 입혀야 제 몫을 하는 것이라고 생각한다. 내가 사장이며 내가 직원인 일터에서 누구에게 맡길 수도 없고 내 손이 닿지 않으면 안 되는 일들이기에 어쩔 수 없이 다른 사생활은 포기해야 하는 것들도 생겼다. 가끔 힘들어도 옷 가게를 즐기면서 하고 있었다.

"언니는 정말 이 일을 매일 즐겁게 하네요."

"진짜 옷을 좋아하나 봐요."

"사장님은 정말 부지런하세요."

손님들에게 자주 듣는 말이었다. 내가 내 옷을 좋아하려면 그만큼 옷에 자신이 있어야 했기에 옷 고르기에 더욱더 신경을 써야 했다. 집에서 기르는 똥개도 주인이 '예쁘다'고 늘 아껴주고 사랑해주면 동네 사람들도 같이 예뻐해준다. 하지만 아무리 예뻐도 주인이 구박하는 개는 동네 사람들도 괜히 툭툭 발로 찬다. 내 옷을 이상하다고 말하면 기분이 좋지 않을 것이다.

그래서 나도 거래처에 물건을 주문해서 실물을 보았는데 맘에 안 들 때 조심스럽게 반품을 시킨다. 물론 반품 이유도 조심스럽게 말한다. 그분들도 고심해서 만든 옷들일 것이고 안 예쁜 것이 아니라 나하고 맞지 않는 것일 뿐이다. 다들 나보다 전문가이며 디자이너들이 오죽 노력했을까 하고 생각되기 때문이다. 우리 가게 옷이 나한테는 전부 예쁘지만 어떤 사람에게는 그렇지 않을 수도 있다. 그렇기에 옷 가게가 많고 스타일도 다 다른 것 아닐까? 사람들의 스타일이 다른 것도 개성이기에 존중해주어야 한다. 나와 스타일이 맞지 않는 손님이 우리 가게에서 옷을 살 필요는 없다. 그리고 본인과 맞지 않는 옷 가게에서 굳이 이러쿵저러쿵 옷을 평가하는 것도 조심해야 한다. 나 아닌 다른 사람이 입은 옷을 함부로 평가하는 것도 마찬가지다. 각자 개성이 있는 건데 나와 다른 것을 이상하다고 표현하는 사람들을 가끔 본다. 나 역시 옷을 이상하게 입은 사람을 보거나 유행에 너무 뒤처지게 입었거나 내 취향과 다르게 입은 사람을 보면 수군거리기도 했다. '옷 진짜 이상하게 입었지?', '저 여자 봐. 저거 언제 유행했던 옷이고.', '어떻게 저렇게 입고 다니지?' 그러나 옷 가게를 시작한 뒤 많은 사람에게 옷을 입혀보고 만나면서 '그럴 수도 있구나' 하고 이해하게 되었다. 각자의 개성임을 인정하기 시작하게 된 것이다.

다양한 사람들을 상대해야 하는 장사는 인내가 필요하다. 그리고 물이 흐르는, 막힘없는 통로 같은 마음도 필요하다. 그냥 흘려보내야 하는 말들을 더러 만나기 때문이다. 마음에 양쪽이 뻥 뚫린 관을 심어둔 다음 담아두지 말고 흘려보내야 한다. 내가 하는 일을 취미 생활처럼 즐기면서 하게 되는 데에도 시간이 걸렸다. 무슨 취미든 익히는 데는 시간이 걸린다. 하물며 장사하는 것이 취미라니? 옷이기에 가능했다. 요리가 취미인 사람이 음식을 만들어 파는 것은 훌륭하다고 말한다. 옷을 파는 것을 내가 잘하는 취미라고 인정해주기는 쉽지 않은 것 같다.

하지만 내가 어떻게 하느냐에 따라 달라지지 않을까. 취미로 요리를 했던 사람이 훌륭한 요리사가 되듯이, 내가 옷에 생명을 불어넣고 누군가에게 예쁘게 입히도록 만드는 일 또한 멋진 취미 생활이 되지 않을까.

제3장

단골 만들기 노하우는 없다

1. '우는 아이 떡 하나 더 준다'는 속담이 싫어요

"더 깎아주세요. 잘해주면 단골 할 거고."

"깎아줘야 다음에 또 오지."

"더 깎아줘도 되겠네. 많이 남는 거 아는데."

"뒷자리 떼면 되겠네."

옷값을 계산할 때 적당한 금액을 말했음에도 할인 금액을 본인이 결정한다.

"이렇게 해주면 사고 안 해주면 못 사고."

정말 싫어하는 멘트다. 이 말이 나오면 내 대답은 이미 정해져 있다.

"죄송합니다. 그럼 사지 마세요. 더는 해드릴 수가 없네요."

매너 없는 사람은 대부분 말끝이 짧다. 이런 상황은 옷 가게를 시작한 초창기에 주로 많았다. 처음 왔거나 몇 번 안 온 분들, 그리고 최근에 새로 오는 손님들 중 일부가 간혹 던지는 멘트다. 이제는 예전처럼 흔들리지 않는다.

장사를 처음 시작했을 때 내가 장사 초보라는 것을 알고서 갖고 놀려고 하던 손님도 있었다. 어리숙해 보이고 경험 없고 순진해 보이기까지 했던 나의 40대 초반은 그런 이미지였다. 일부 사람들은 본인들이 주도권을 쥐고 옷값을 마음대로 깎기도 했다. 가격표가 분명 붙어 있는데도 터무니없는 가격으로 깎을 때 제일 힘들었다.

보세 옷에는 이윤을 많이 붙인다는 편견이 있다. 옛날에 엄마들이 시장 물건을 살 때 값을 많이 깎으면서 사던 때를 생각하고 있는 사람들도 많았다. 시대가 변했는데도 여전히 그런 것을 보고 자란 티를 낸다. 우리 엄마는 옛날 사람이지만 이런 행동을 하지 않았기에 나 역시 물건을 살 때 값을 이렇게 깎지는 못했다.

우리 동네에도 노점에서 채소를 파는 할머니들이 계신데 채소를 사면 자꾸 더 넣어줄 때가 있다. 그러면 나는 그만 넣으라고 말리는데 어떤 사람은 더 넣어달라고 한다. 음식 장사가 많이 남고 물장사가 더 많이 남는다는 것도 알지만 막상 밥값이나 커피값을 깎아 달라는 사람은 없다. 커피 한 잔, 비싼 케이크 한 조각은 쉽게 사 먹으면서 옷값은 왜 그리 깎아대는지. 적당한 금액을 할인해주어도 자꾸만 더 깎아달라고 한다. 더 깎아달라는 말이 잘못되었다고 말하는 것이 아니다. 되지도 않는 억지를 부리는 경우를 말하는 것이다. 아, 이런 것이 나를 힘들게 할 줄이야.

극히 일부 손님들 때문에 스트레스를 받았다. 물론 조금이라도 싸게 사고 싶은 마음은 다 같을 것이다. 하지만 장사를 하면 이윤을 남기는 것이 당연한데 소비자들은 유독 '작은 옷 가게'에서 계산할 때 실랑이를 더 벌인다. 다른 손님들과 공평하게 해야 한다고 아무리 설명을 해도 본인만 더 깎아달라는 것이다. 정말 이기적인 사람이다.

어떤 사람들은 남들보다 많이 깎으면 뿌듯해하는 모습을 보이기도 했다. 이건 그만큼 주인을 매우 힘들게 했다는 뜻이다. 같은 가게에서 똑같은 물건을 사는데 우는 사람은 많이 깎아주고 말도 못 꺼내는 사람은 제값을 다 지불해야 한다는 건 불공평하다. 그래서 나는 '우는 아이 떡 하나 더 준다'는 속담을 싫어한다.

물론 친한 단골이거나 옷을 한꺼번에 많이 구매하면 평소보다 당연히 할인을 더 해준다. 하지만 이처럼 특별한 관계나 특별한 경우가 아니면 원칙은 지켜야 하는 것이 내 이유 있는 고집이다.

이런 고충을 간혹 옆에서 목격한 지인들은 저런 사람에게는 미리 금액을 높이 불러서 많이 깎아주는 것처럼 하라고 말한다. 실제로 할 수도 없는 일이지만 보는 이도 그만큼 힘들어 보이기에 하는 말이다. 그렇지만 내 머리가 그런 쪽으로는 잘 돌아가지 않는다. 이런 부류의 손님들을 내 원칙대로 끌고 가는 데 시간이 좀 걸렸다. 초심을 잃지 않고 주관을 유지하기가 쉬운 일이 아니었다. 어떤 때는 정말 좀 더 깎아주고 이런 손님도 잡아야 하나 여러 번 갈등하기도 했지만, 나의 신념을 믿어야 했다.

몇 번을 와서 실랑이를 벌여도 안 통하니까 오지 않는 분들도 있는데 그건 어쩔 수 없다. 내가 끌려갈 생각은 없으니까. 또 다른 부류로는 몇 번을 오면서 계속 떼를 쓰다가 포기한 분들도 있다. 나를 이기려 했지만 안 되니까 '이 사장님은 안 통하는구나' 하고 포기한 것 같다. 우리 집 옷은 마음에 드니까 나의 방식대로 따라오는 사람들일 것이다. 이런 경우는 단골이 되면서 돈독해졌고, 이제는 실랑이를 하지 않아도 알아서 할인해준다.

옷값을 계산할 때 깎고 싶은 마음은 충분히 이해한다. 하지만 깎아주지 않으면 안 산다는 말을 하는 사람의 심리는 '이 가격에라도 팔아야 장사지.' 또는 '이렇게 팔아도 남잖아.' '싸게라도 팔아야지. 요즘 경기도 안 좋은데.' 이런 것들이다.

'이런 식으론 안 팔아요.' '안 팔리면 차라리 기부합니다.' '단골손님에게 그냥 끼워줍니다.' 속으로 이렇게 생각하면서 그냥 옷을 다시 걸어둔다. 이런 경우 손님은 두 부류로

나뉜다. 다시 깎아달라는 말을 못 하고 옷도 사지 않고 가거나 '그냥 주세요'라며 내 방식에 따르는 경우다. 장사는 물건을 팔고 거기서 이윤을 남기는 것이 목적인데 일부 손님들은 더 깎아줘도 남지 않느냐고 말한다. 그렇지만 그건 장사를 하는 사람의 일이다. 그런 생각을 하는 사람일수록 자신의 주머니에서 나가는 것을 더 아까워하는 성향이 많은 것 같다.

모든 것에는 과정이 있다. 손님들이 말하는 '잘해줘야 다음에 또 오지'라는 말에 내 대답은 '다음에도 오시면 기억했다가 잘해드릴게요'다. 오래된 단골들과는 이런 대화로 에너지를 뺏길 일이 없다. 일단 나의 고객이 되면 나에게 요구하지도 않는다. 알아서 해준다고 믿기 때문이다. 조금 더 깎고 싶어도 말을 못 꺼내는 것 같은 경우도 있다. 덜 친할 때는 요구를 하다가도 막상 가까워지면 미안해서 더는 요구하지 못한다는 것을 알기에 단골손님에게는 서운하지 않을 만큼 나도 성의를 다하려고 한다.

2. 단골은 태어나는 것이 아니라 만들어지는 것이다

#1. 단골의 힘

"언니, 코로나19가 잠잠해지면 꼭 갈게요."

"친구들 우르르 몰고 갈게요."

"언니 스토리는 열심히 보고 있어요. 언니 브런치 글도 잘 읽고 있어요."

"마음은 벌써 여러 번 슈가를 다녀왔어요."

다른 도시에 사는 그녀의 진심이 담긴 메시지다. 오지는 못해도 일부러 메시지라도 보내주는 그녀. 코로나로 온 국민이 불안에 떨며 외출과 만남을 자제하고 있을 때 그녀들은 이렇게 따뜻한 안부를 전해주었다. 손님들이 와도 코로나가 전파될까 봐 걱정이었고 손님이 오지 않으면 텅 빈 가게가 또 걱정이었다.

4월이 시작되었는데 올해 들어서 한 번도 보지 못한 손님이 더러 있다. 코로나의 확산으로 본의 아니게 발길을 끊게 된 것이다. 외출 자제, 모임 자제, 그리고 여행도 취소. 그러다 보니 계절이 바뀌었지만 새 옷을 장만할 이유가 없다. 그리고 자녀들이 집에 있으니 끼니마다 밥 챙겨주느라 오지 못하기도 했다. 코로나로 평범한 일상이 마비되었기에 계절이 바뀌어도 옷을 사 입는 일은 중요한 일이 아니게 되었다. 아무리 단골이어도 우리 옷 가게에 올 이유가 없기에 몇 달째 만나지 못한 손님들이 있었다. 그래도 나는 꾸준히 나의 할 일을 했다.

옷 가게 최악의 비수기인 1월을 겨우 보내고 여전히 힘든 2월을 맞았는데 코로나가 터진 것이다. 긴 겨울 동안 비수기라는 겨울잠 같은 시간을 보내고, 3월은 새봄을 맞으면서 활기를 되찾는 시기다. 그런데 옷 가게 9년째에 이런 최악의 시즌은 처음이다. 나뿐 아니라 우리나라 전체가 그랬고 지금은 전 세계가 비상이다. 그렇게 몇 개월을 보내다 보니 얼마 전부터 지친 손님들이 한 명 두 명 가게를 찾는다. '사회적 거리 두기'를 하면서 필요한 옷을 사기 위해서다. 옷이 필요한 직장인들은 꾸준히 왔지만 혹시나 하는 마음에 서로를 위해서 마스크를 쓰고 입어보신다. 숨이 막혀 힘들어하면서도 벗지 않는다. 고맙게도 지난 3월은 꾸준히 찾아주는 단골손님들이 있어 잘 보낸 것 같다.

코로나가 터졌어도 나는 원래 쉬는 일요일 말고는 단 하루도 가게 문을 닫지 않았다. 어떤 날은 한 명도 오지 않아 종일 혼자서 음악을 들으며 글을 쓰거나 책을 읽는 날도 있었다. 그런 날은 전기세가 아깝다는 생각도 들었다. 혼자 있으면 추우니까 어쩔 수 없이 난방을 했으며 하루도 빠짐없이 음악을 틀어두었다. 가게 안에 조명도 많은데, 손님이 없다고 부분적으로 꺼두는 것도 싫어서 여느 때와 똑같이 유지하면서 나의 일을 했다.

여느 때와 마찬가지로 단골손님들을 위해 카카오스토리에 신상 사진을 부지런히 올리고 소소한 이야기라도 기록했다. 어쩌면 요즘 손님들은 핸드폰을 보는 시간이 더 늘어났을지도 모른다. 그래서 손님들이 여전히 나의 스토리를 보고 있을 것이라고 믿었다. 코로나 때문에 매일 뉴스를 빼먹지 않고 보듯이 '슈가의 스토리' 또한 매일 볼 거라는 생각에는 변함이 없었다.

나 역시 손님도 오지 않고 날도 추워져 가게에 나가고 싶지 않았지만, 이 자리를 지키고 내 일을 하는 것이 최선이라고 생각했다. 다만 조심해야 했다. 바이러스가 겁나니까. 손 소독제를 준비해두고 마스크를 착용하고 공기 중에 분무하는 소독제도 갖추었다. 손님이 오면 손 소독제부터 바르게 했다. 마스크는 필수였다. 손님이 가고 나면 매장에 스프레이 소독제를 뿌렸다. 나만의 방식으로 방역을 하면서 손님을 기다리고 맞이하고 보냈다. 그와 동시에 손님들과 보이지 않는 소통의 공간인 카카오스토리를 쉬지 않았다. 그래서인지 코로나가 아직 남아 있어 여전히 불안한 3월에도 손님들은 우리 가게를 찾아주었다. 물론 예전에 비해 많이 줄었지만 걱정했던 것에 비하면 3월도 무사히 잘 넘긴 것이다.

단골은 나에게 엄청나고 고마운 힘이 되었다. 몇 달째 얼굴을 못 본 손님들도 있지만 안부라도 전해주시기에, 모두가 고마운 존재다.

매일 뉴스를 통해 최일선에서 밤낮없이 땀 흘리며 고군분투하는 의료진들의 소식이며, 자원봉사자들의 이야기를 보고 듣는다. 그러면서 나는 나의 일을 하느라고 카카오스토리에 옷 사진을 올리면서 신상을 소개하고 있었지만 마음이 무거웠다. '내가 이 시국에 이렇게 하는 것이 맞나?' 하는 의문도 들었다. 서울 도매상가 사장님도 같은 말씀을 하셨다. 계절이 바뀌어 신상은 나오고 있는데 지방 상인들이 볼 수 있도록 카카오스토리에 신상을 올리시면서 '이래도 되나?'라는 생각이 들었다는 것이다. 대구는 전쟁의 폐허 같다고 했고, 병상도 부족하고 의료진도 부족하고 마스크도 없었다. 소상공인들은 가게 문을 닫았다. 나라가 난리인데도 우리는 장사를 해야 했다. 아니 나는 장사를 해야 했다. 마음 한편으로는 미안한 마음이 들면서도 할 수 있는 사람은 무엇이든 해야 하는 것이 나와 사회를 위하는 길이라고 생각했다. 그래서 나는 카카오스토리에 조심스럽게 봄옷을 올리고 일상을 기록했다.

사람이 살아가는 데 꼭 필요한 것이 의(衣), 식(食), 주(住)다. 그런데도 왠지 옷(衣)은 죽고 사는 문제만큼 중요하지 않게 느껴진다. 그래서 요즘 같은 시국에 여자들의 옷에 대한 이야기를 쓰면서 미안한 마음이 들 수밖에 없었다. 하지만 참 잘했다고 스스로에게 말한다. 나마저도 브런치나 스토리에 코로나 이야기로 도배를 하며 손님들과 우울하게 지냈다면 더 힘들었을 것이다. 단골손님들이 즐겨 보는 카카오스토리에 옷 이야기를 쓰고 소소한 나와 우리의 이야기를 기록하는 일은 당연히 해야 할 일을 한 것이다. 이것이 내가 코로나를 견디는 방법이고 지혜였다.

#2. 골수단골의 자부심

예전에는 어디를 가게 되면 나 스스로 단골이라는 말을 자주 사용했다. '자칭 단골'이었다.

옷 가게 몇 군데를 돌아가면서 쇼핑하는 사람, 한 군데만 정해놓고 고정적으로 쇼핑하는 사람, 그냥 지나가다가 들렀는데 마음에 들어서 구매하고 잊고 지내다가 또 우연히 들르는 사람, 주로 우리 집 옷을 구매하지만 가끔 다른 집에서도 쇼핑을 하는 사람. 어쨌든 주기적으로라도 우리 가게에 오는 손님들은 스스로 단골이라고 말한다. 예전에 내가 그랬듯이.

막상 장사를 해보니 주인의 기준에서 생각하는 단골과 손님이 생각하는 단골이 차이가 있었다. 나 스스로 단골임을 얼마나 과시했던가 생각하게 되었다. '한 번 단골은 영원한 단골'이라지만 아니기도 하다.

자주 볼 것 같았던 사람이 어느 날부터 서서히 보이지 않고 가끔 안부를 선하게 되며, 여전히 인사는 하지만 발길이 뜸해진 단골. 그리고 우리끼리 하는 말로 일명 '골수단골'이라는 부류가 있다. 뼛속까지 단골이라는 뜻으로 머리부터 발끝까지 속옷을 제외하고 전부 우리 가게 옷으로만 입는 사람을 말한다.

"언니, 속옷 빼고 머리부터 발끝까지 언니 집 옷이고 신발이랑 가방도 전부 언니네 거예요. 알죠?"

"알아요. 이제 속옷도 준비해둘까요?"

"네, 그랬으면 좋겠어요."

오래된 단골손님과는 이런 이야기를 주고받으면서 손님들은 우리 가게의 골수단골임을 어필한다. 나는 이런 손님들 덕분에 웃을 수 있다.

내가 손님으로 옷 가게를 다닐 때도 그랬다. 그 가게에 갈 때 다른 곳에서 산 옷을 입고 가면 미안했다. 일종의 의리 같은 것이다. 자주 오는 손님을 골수단골이라 생각했는데, 어느 날 손님이 낯선 옷을 입고 우리 가게에 왔을 때 나도 모르게 자꾸 옷에 눈이 갔다. 그러지 않으려고 입고 있는 옷에 무심한 척하지만 잘 안 된다. 그러면 친한 손님은 눈치를 채고 "언니, 이거 얼마 전에 우연히 아웃렛 갔다가 세일해서 샀어요"라고 말한다. 약간 미안한 듯이 이런 말을 하기에, 내가 부담을 준 것 같아서 오히려 더 미안한 적도 있었다.

사랑도 움직이는 것이라는데 하물며 사람이 움직이는 것이야 당연하다. 한 번씩 물갈이가 되어서 오던 손님이 발길을 끊고 또 새로운 손님이 단골이 되기도 한다. 옷 가게는 더욱더 단골이 될 수밖에 없는 업종이라고 생각하지만 다른 가게에 예쁜 옷이 있으면 옮겨가기도 할 것이다. 그러다가 새로운 가게에 단골이 될 수도 있고 무언가 마음에 들지 않아 다시 우리 가게로 돌아오기도 할 것이다. 하지만 무엇보다 손님과 끈끈한 정이 쌓이는 것이 정말 중요하다. 관계가 좋지 않거나 끈끈한 정이 쌓이지 않으면 마음이라는 것은 쉽게 옮겨갈 수도 있기 때문이다. 물건을 팔기에만 급급하기보다 마음을 주고받아야 한다. 그러고 보면 우리 가게 단골손님들은 의리가 있다는 걸 새삼 확인했다.

9년이란 세월이 그냥 흘러만 온 것은 아니었다. 다른 도시로 이사를 갔지만 주기적으로 우리 가게를 방문해주는 손님들이 있다. 신체 사이즈와 체형을 잘 알기에 택배로 보내기도 한다. 그런데도 단골손님들은 내가 받을 금액을 말하면 '더 깎아주세요'라는 말을 하지 않는다. 이럴 때 나는 조금이라도 더 할인해주고 싶어진다. 이렇게 지금까지 나와의 인연으로 오는 골수단골 덕분에 나는 코로나를 잘 견디어 내고 있는 중이다. 장사는 사람이 없으면 할 수 없는 일이다.

단골은 내가 정하는 기준이 아니다. 손님 스스로가 단골이 되어 뿌듯해하고, 단골로 다니는 가게가 계속 잘될 때 흐뭇해한다. 그래서 우리 가게에서 옷을 사 입는 것에 자부심을 느끼는 것 같다. 나는 그런 자부심에 누가 되지 않도록 옷을 고르는 것에 더욱더 신경을 써주어야 한다. 그것이 골수단골을 위해 내가 할 일이다.

#3. 단골은 태어나는 것이 아니라 만들어지는 것이다

처음에는 손님이 물어보는 옷을 골라주되 권하지는 않

았다. 어떤 옷을 권해야 할지 잘 모르기도 했지만 어설프게 옷을 자꾸 권하면 손님에게 부담을 줄 것 같았다. 손님만의 스타일을 모르는 상태에서 이것저것 자꾸 들이미는 것을 손님은 그때마다 거절해야 한다니. 내가 손님일 때를 생각해 권유하는 것을 자제했다. 오히려 자주 오는 손님들을 상대하다 보니 언제부턴가 누구를 생각하면 '이 옷이 잘 어울리겠다'는 연상 작용이 생겼다. 그 손님이 오면 나도 모르게 자연스럽게 그 옷을 꺼내어 보여준다. 때론 신상을 받아서 정리하다 보면 떠오르는 사람이 있다. 그 손님이 왔을 때 입혀보면 거의 백발백중이다.

단골들의 취향에 대해서 누구보다 잘 알게 된 것이다. 같이 오는 일행들은 '이거 입어봐라', '저거 입어봐라' 하며 본인들 눈에 예뻐 보이는 것을 추천한다. 하지만 손님은 선택하지 못하고 있는 경우가 많다. 나는 조금 지켜보다가 단골의 취향과 잘 어울리는 옷을 찾아서 권해준다. 그 옷은 일행들이 골라주는 옷보다 손님 스타일에 딱 맞기에 만족스러워한다. 손님과 내가 동시에 만족스러울 때이다. 이럴 때 나는 보람을 느낀다. 자신에게 잘 어울리며 만족스러운 옷을 고르는 것도 작은 행복이라고 생각한다.

일을 마치고 퇴근길에 필요한 옷이 있어서 들렀는데 맘에 드는 옷도 없고, 건져갈 아이템이 하나라도 없으면 기운이 빠지는 그 심정을 잘 안다. 단골손님 중에는 직장 생활을 하는 사람도 많고 평균 연령이 40대 중후반이다. 자신의 직업이 있고 나름대로 열심히 살고 있는 슈퍼우먼 또는 커리어 우먼이다. 아이들이 중고등학생이거나 대학생이라 그나마 퇴근시간에는 여유가 조금 있다. 퇴근길에 들러서 짧은 시간이나마 쇼핑을 하는 것이 위로가 되고 하루의 스트레스를 날릴 수 있는 좋은 곳. 여자들에게 단골 옷 가게는 참새 방앗간 같은 곳이다. 그렇다고 수시로 드나드는 것도 아니며 오랜 시간 앉아서 수다를 떨지도 않는다. 술 마시고 놀러 나가는 것이 아니며 할 일 없이 모여앉아 남 험담이나 하면서 시간을 보내는 것이 아니라 하루 열심히 일하고 잠깐 자신을 위한 시간을 갖는 것이다. 이 옷 저옷 입어보고 마음에 드는 옷 하나쯤 가져갈 수 있다면 그것으로 만족하며 하루를 마무리하는 여자들이다.

다음 날 출근할 때 오늘 산 새 옷으로 갈아입고 기분 좋게 나설 것을 생각하는 일도 즐거운 일상이 되겠지. 저녁에 집안일을 마무리해놓고 다음 날 입을 옷을 챙겨보면서 기분 좋은 내일을 예약하겠지. 내가 예전에 그랬던 것처럼.

손님들과 옷값으로 실랑이라도 벌이는 날이면 지치기도 한다. 귀찮아서 깎아줄까 싶다가도 말없이 달라는 대로 주는 단골손님들에게 미안해진다. 대부분의 점잖은 단골손님들을 위해서라도 '우는 아이 떡 하나 더 준다'는 그 속담을 싫어해야 한다. 실제로 내가 그런 부당함을 느낀 기억이 있기에 일관성 없이 끌려다니는 모습이 신뢰가 가지 않는다. 대부분 무리하게 할인해달라든지 무엇을 서비스로 달라는 그런 말을 잘 못 꺼내는데 친해지면 더 어렵다. 알아서 해줄 거라고 믿기 때문인데, 손님한테 말 한 마디 못하고 해달라는 대로 해주다 보면 울지 않는 손님들은 불이익을 당한다. 싸게 사고 싶은 마음이야 누구나 똑같겠지만 진짜 단골들은 오히려 내가 많이 깎아주면 정말 고마워하고 이래도 되냐고 반문한다. 그렇다고 금액을 부풀려서 말하고 많이 깎아주는 얄팍한 장사꾼은 더더욱 아니다. 단골을 만들려고 많이 깎아주고 좀 살 것 같은 손님에게는 일부러 더 친절하게 대하고 떼쓰는 손님에게는 마지못해 더 깎아준다고 결코 단골이 되지는 않는다. 물론 단골이 될 수도 있겠지만 조건이 맞을 때만 단골이 되면 계속 그렇게 끌려다녀야 할 것이다.

내가 오랫동안 어느 가게에 단골이라고 생각하고 다니면서 멀어도 찾아가고 달라는 대로 주고 애 안 먹이는 편한 손님이었는데, 어느 날 갑질 하는 손님에게 끌려다니면서 더 잘해주는 것을 본다면 기분이 나쁠 것 같았다. 나에게도 괜히 갑질 하려는 사람이 분명 있었다. 그런 사람에게는 친절할 수가 없다. 끈끈하고 정 많고 오랜 단골들에게 더 잘해줘야 하는 것이 내 진심이기 때문이다. 갑질을 하고 싶은 손님이 언제부터인가 내 스타일에 맞춰지고 우리 집 손님이 되기 시작한다면 나도 그 사람을 단골로 생각하여 서로 좋은 관계로 이어질 수도 있다. 하지만 그런 손님을 단골로 만들기 위해 비굴해지지는 않을 것이다. 이것은 앞으로도 변하지 않을 것이다. 단골손님들이 나의 비굴해진 모습을 본다면 얼마나 실망할지를 안다. 약자에게 강하고 강자에게 약한 그런 비굴함이 싫다. 그리고 '잡아놓은 물고기에게는 먹이를 안 준다'고 했던가? 이런 식으로 단골손님들에게 소홀히 하는 것도 나와는 맞지 않는다.

단골.

우리 가게를 문턱이 닳도록 자주 오거나 출근 도장을 찍듯이 오시는 사람. 혹은 시즌마다 잊지 않고 와서 한꺼번에 쓸어 담아가는 사람.

방문 횟수나 금액이 많든 적든 끈끈하게 오랫동안 우리 집 옷을 사러 오며, 혹은 그냥 지나는 길이라도 얼굴 보고 간다면서 들르는 사람. 커피 한잔이라도 사주고 가는 사람. 금액이 많지도 않고 평소 많이 사 입지는 않지만 꾸준히 우리 가게를 찾아오는 사람. 다른 지역으로 이사를 갔지만 여전히 우리 집 옷을 주문해 입는 사람. 좀 멀지만 주기적으로 우리 가게까지 방문해주는 사람. 그리고 친구의 옷 가게를 애용해주는 내 친구들도 나에게는 소중한 단골이다.

단골은 여러 성향으로 만들어졌다. 나에게는 매출을 올려주는 손님만이 단골이 아니라 그냥 얼굴 보러 들를 수 있는 사이도 단골이다. 그만큼의 세월을 보아왔기 때문이다. 그날은 사지 않더라도 잊지 않고 찾아와서 간혹 하나라도 사가면 모두가 단골이다. 결코 내가 만든 단골이 아니다. 시간이 지나면서 옷도 마음에 들고 서로 통하다 보니 저절로 단골이 되는 것이다. 우리 집 옷을 좋아해주는 사람은 그게 누구든, 단골손님이다.

3. 누구에게나 친절할 수는 없다

나는 친절하지 않은 것일까? 아니란다. 친절하지 않은 게 아니라 까칠하고 좀 어렵다고 했다. 내가 생각해도 과하게 깍듯하거나 친절하지는 않다. 나는 그런 친절이 부담스러워 별로 좋아하지 않았다. 오히려 누군가가 나에게 지나치게 친절하면 경계하기도 했다. 속을 알 수 없는 친절한 미소와 말투, 그 속에는 어떤 다른 속내가 있을시 짐작이 어려워 친절함을 싫어했다. 그렇다고 타인에게 불친절하라는 것은 아니다. 나의 경우는 그렇다. 그냥 필요한 만큼 담백한 것이 좋았다. 그만큼 '과잉친절'에 익숙하지 않은 내가 어려웠다고 했다. 말을 걸기가 어려웠고 차갑고 까칠한 이미지였다고 했다. 하지만 여러 해 나를 보아오는 동안 실제로 내 속마음이 그렇지 않음을 알게 되었고 믿음이 생긴 것 같았다.

친절은 때와 장소에 따라서 달라야 한다고 생각한다. 길거리 음식을 먹을 때 사장님이 베푼 친절과 고급 레스토랑에서 대접해주는 친절은 분명 다르다. 백화점 점원의 친절과 동네 작은 옷 가게 사장님의 친절도 당연히 다르다고 생각한다. 내 생각이 백 퍼센트 정답은 아니다. 다만 내가 살아오면서, 그리고 사회생활을 해보고 뒤늦게 장사를 시작하면서 정리된 생각일 뿐이다.

누구에게나 친절하지 않은 이유가 분명 있었다. 대부분 친절하게 대했지만 예의 없거나 낮추어 볼 때는 그 사람을 존중해주기가 힘들었다. 앞에서는 잠시 잘해주는 척하고 뒤에서는 욕도 할 법한데 나는 얼굴에 표가 바로 나서 포커페이스를 유지하지 못한다. 이런 이유로 가까워지기 힘들었던 손님들이 단골이 되면 오히려 관계가 오랫동안 잘 유지되기도 했다. 몇 년의 세월이 흐른 후에야 이렇게 말하는 손님들도 있었다.

"처음에는 언니가 어려워서 말을 잘 못 붙였어요."

"첫인상이 까칠하고 차가워서 옷만 사고 나왔어요."

"그런데 친해지고 나니 전혀 그런 사람이 아니네요."

"잘 모르는 사람들은 오해하겠어요."

이런 말을 종종 들어서 몇 년 전부터는 웃으면서 친절하게 하려고 한다. 내가 불친절한 것은 아니라고 했다. 장사하면서도 낯을 가리고 사람을 가리는 성격을 못 고쳤을 뿐이었다. 유유상종이라고, 우리 가게 손님들 대부분이 내 성향과 비슷했다. 그래서 친해지는 데는 시간이 걸렸다. 서로가 약간은 서먹해하면서 옷을 사러 왔다. 그나마 옷이 좋고 마음에 들었으니 서먹해도 우리 가게에 꾸준히 온 것이다. 그렇게 몇 년의 세월을 보내면서 어느새 단골이 되고 서로 친해진 경우가 많았다.

내가 늘 경계하는 사람은 아직 잘 모르는 관계에서 '혹 다가오는 사람'이다. 너무 잘해주거나 친한 척하는 사람들이 부담스러웠다. 이런 나만의 기준이 있는 탓에 과잉친절은 잘 못했다. 하지만 '절도 있게 친절하기'가 자칫 잘못하면 건방져 보이거나 도도해 보일 수 있기 때문에 '무조건 친절하기'보다 더 힘들다. 장사를 하면서 친절은 정말 꼭 필요한 요소지만 적절한 친절은 정말 어렵다.

나 스스로가 고치지 못하는 행동이 있다는 것을 잘 안다. 내게 편한 손님, 친한 단골손님에게는 마냥 친절하게 잘해준다. 반가움에 미소가 입에서 떠나지 않는다. 내가 그녀를 애타게 기다렸다는 마음을 맘껏 표현한다. 하지만 자주 오는 손님인데도 내가 무언가 불편하고 힘든 손님은 얼굴에서 티가 난다. 진정한 '장사꾼'이 못 되는 나쁜 예다. 좀 불편한 손님도 내게는 좋은 손님인데 나와 다른 성향을 힘들어하는 것이다. 이럴 때 보면 내 성격이 다양한 사람들에게 모두 맞출 수 있는 좋은 성격은 아닌 듯하다. 아직도 내가 절도 있게 친절한 사람인지, 절도 있게 친절한 사람이라고 착각하면서 실제로는 불친절한 사람인지 나도 잘 모르겠다. 이런 면에서는 왜 프로답지 못한 것인지. 내 영원한 숙제겠지만, '사람은 변하지 않는다'고 했듯이 나의 성격도 변하지 않는다. 이 나이에 성격까지 바꿔가면서 장사를 하지는 못할 것이다. 하지만 분명한 것은 내가 불친절하고 차가운 사람이 아니란 것을 주변 사람들은 알고 있다는 것이다.

모두에게 다 맞추려고 노력하는 것이 얼마나 힘든 일인지 잘 안다. 그래서 장사가 힘들다고 말하나 보다. 꼭 모두에게 친절해야 할까? 장사 9년 차지만 아직도 이것만은 풀지 못하는 과제다. 무조건 친절하다고 꼭 장사가 잘되는 것은 아닌 것 같다.

여동생과 가끔 가는 식당이 있다. 식사 값이 1인분에 1만 5,000원이었는데, 지금은 가격을 인상해서 1만6,000원이다. 여동생과 맛난 음식을 먹고 싶거나 보신을 하고 싶은 특별한 날이면 이 집에 간다. 두세 달에 한 번 정도는 방문하는 집인데 벌써 2년 정도 되었다. 그런데도 여주인(직원일지도 모른다)은 정이 안 가는 사람이다. 이 집과 비슷한 가게가 생긴다면 우리 자매는 발길을 끊을지도 모른다고 말하면서도 그 집엘 간다. '음식은 맛있는데 주인은 참 정이 안 간다'고 말하면서 간다. 가만 보면 꼭 친절하지 않은 건 아니었다. 어느 가게 주인이 일부러 불친절하게 손님을 대할까? 그냥 성격인 듯하다. 그런데도 그 집은 늘 손님들이 많다. 어쩌면 다른 손님들은 그러려니 할지도 모른다.

겨울에 옷이 두꺼워서 덥기에 식당의 난방을 좀 낮춰달라고 했다. 그러자 실내 온도가 적당하다면서 다른 손님들이 추워하니 많이는 못 낮춘다고 했다. 조금 낮추기는 했지만 크게 변화가 없었다. 주인은 서빙을 하고 분주히 움직이느라 바쁜지 한겨울인데도 반팔을 입고 있었다. 본인에게는 그 온도가 딱 맞는 듯했다. 우리는 땀을 흘리면서 식사를 했다. 여동생도 나도 그런 곳에서 강력하게 내 주장을 말하지 못하는 소심한 성격이라 그냥 꾹 참고 먹었다. 정말 정이 안 가는 주인이다. 어언 2년을 보아온 그 사장님은 우리에게 보이는 정(情)이 변하지 않았다. 친절과 불친절의 문제가 아니라 그 사람의 성격이 그런 사람이었다. 아무리 맛있다고 해도 한 그릇에 1만6,000원짜리 식사를 마음에 안 드는 주인을 보면서 더 이상은 먹지 않을 것 같다.

장사하는 사람들 중에 욕쟁이 할머니를 가끔 본다. 그분들은 친절하지 않다. 하지만 손님들은 그가 정이 많음을 안다. 그래서 욕을 들으면서도 오랜 세월 드나든다. 무심한 듯 퉁명스럽게 말하지만 정이 깊은 사람이라는 것을 알기에 욕을 들으면서 밥을 먹으러 가는 것이다. 식당과 옷 가게의 비유는 좀 다르겠지만, 어떤 손님들은 나에게 무조건 친절하기를 바랄 때가 있다. 그런 손님은 갑질을 하는 것처럼 느껴져 불쾌해서 불친절하게 대하기도 한다. 남의 돈을 어렵게 벌어야 하는 장사꾼이라지만 비굴하게 굴면서까지 비위를 맞추고 싶지는 않다. 여느 가게와는 달리 옷 가게에 왔다고 해서 모두가 옷을 사는 것은 아니다. 그렇기에 어떻게든 옷을 사게 하려고 간과 쓸개를 빼줄 것처럼 친절하게 굴다가 막상 사지 않고 그냥 가면 얼굴색이 변하는 주인들도 있다. 참 힘든 노릇이다. 구매하기 전까지는 어떻게든 손님에게 가면을 쓴 듯이 친절해야 하는데 나는 그런 것을 못하는 성격이다. 내가 무조건 친절한 사장님이 못 되는 것을 단골손님들은 이미 다 알고 있다. 그럼에도 이만큼 세월을 함께할 수 있었던 것은 친절 이상의 정과 믿음이 쌓여서가 아닐까 한다.

4. 매일 밤마다 옷을 사들이는 나, 쇼핑중독인가요?

지금은 대부분이 카카오스토리를 통해 옷을 주문하지만, 몇 년 전까지만 해도 직접 서울을 가야 했다. 그때는 어떻게 했나 싶을 만큼 서울을 다녀오는 일은 매우 고되었다. 막상 가면 밤새 씩씩하게 일을 했지만 돌아오면 꼬박 2~3일은 후유증으로 힘들었다.

서울에 가는 날은 아무리 피곤하고 지쳐도 내색하지 않으려고 노력했다. 감추려고 해도 표시가 날 수밖에 없겠지만 최대한 자존감을 지키고 싶었다. 거래처를 방문하면 항상 약간의 하이 톤으로 인사부터 했다. 일단 인사부터 밝게 하고 나면 오히려 덜 지치는 것 같았다.

"안녕하세요."

"어머, 사장님 어떻게 오늘 오셨어요?"

"언니, 어서 오세요. 온다고 수고하셨죠?"

언제부턴가 나의 단골 매장이 되어 오래 봐온 직원과 거래처 사장님들은 나를 반갑게 맞아주었다. 내 가방에는 현금 몇백만 원이 들어 있으며 내가 지금 이 매장에서 얼마를 쓸지는 아무도 모른다. 우리 가게에서는 내가 사장이지만 서울에 가면 내가 손님이다. 그들에게 진상 손님이 될지 VIP가 될지 알 수 없다. 큰돈을 쓰는 손님은 아니어도, 매너 있고 좋은 손님이어서 밉상이 아닌 사장님이나 언니가 되고 싶었다.

몇 년 전부터 거래처마다 카카오스토리에 상품을 올리면서 지방 상인들은 옛날처럼 서울을 가지 않아도 집에서 사진을 보며 주문을 할 수 있었다. 나는 이것 때문에 더 쇼핑중독이 되었다. 상가 안에서 일을 할 때도 다른 집들보다 언제나 신상을 먼저 준비해왔다. 그 습관 때문에 매일 밤 카카오스토리를 구경하면서 신상을 한두 가지라도 꼭 주문해야 잠이 왔다. 손님들이 주문한 물건은 화물비를 아끼지 않고 품목 하나라도 바로바로 주문해서 다음 날 받도록 했다. 매장마다 화물비를 매기기 때문에 돈을 아끼려면 몰아서 주문해야 하는데, 그게 습관이 되지 않아 화물비를 아낄 수가 없었다.

단골손님들은 매일 나의 카카오스토리를 보는 즐거움이 있다고 말한다. 직장 다니는 손님들은 한가하게 이 가게 저 가게 기웃거리면서 아이쇼핑을 즐길 여유가 없다. 수시로 스토리에 올라오는 신상들을 봐두었다가 문자로 문의를 한다. 그리고 미리 찜해두었다가 날을 잡아서 옷을 챙겨 가기도 하고, 입어보러 오기도 한다. 그래서 쇼핑하기가 편하다고 했다. 워킹맘들뿐 아니라 주부들도 마찬가지다. 어울려 다니면서 여기저기 기웃거리는 것을 즐기지 않는 손님들은 집에서 매일 스토리를 즐겨 보고, 어쩌다가 뜸해지면 기다리고 있다고 한다. 그런 말을 들으면 책임감이 느껴져 스토리를 열심히 할 수밖에 없다. 매일 밤 한두 가지 신상이라도 꼭 주문해야 하는 나 역시 쇼핑중독 같단 생각이 든다. 토요일을 제외한 매일 밤 서울을 온라인으로 방문하느라 바쁘다.

다른 사람들처럼 편하게 저녁 약속을 잡고 모임을 갖기가 쉽지 않았다. 물론 하루쯤 주문을 미루고 놀아도 되겠지만 그렇게 하면 프로가 아니다. 손님들과 한 약속이고 자신과 한 약속이기에 주문을 미룰 수가 없었다. 좀 편하게 하면 될 텐데 오랜 습관이라 고쳐지지 않는다. 내 스토리를 즐겨 보고 있을 손님들 생각에 신상을 수시로 준비하는 것이 일상이 되었다.

요즘은 경기가 안 좋아져 동대문시장도 썰렁하다는데 카카오스토리로 인해 지방 상인들의 방문은 더 뜸해졌다. 주문도 전화로 하지 않고 카카오톡으로 한다. 카카오톡이 없어서 전화로 주문했을 때는 내가 주문한 내용과 매장에서 기록한 내용이 다른 경우가 종종 발생했다. 하지만 잘 잘못을 따지기도 쉽지 않았다. 일일이 따져봤자 소용없었다. 서울 매장이 워낙 시끄럽다 보니 전화기 너머로 주문을 받아 메모하면서 실수하기도 했으니까. 그래서 가끔 주문이 잘못되기도 했다. 밤에 전화로 주문하면 수화기 너머로 들려오는 서울 상가의 음악 소리와 매장에서 북적거리는 사람들의 시끄러운 소리 때문에 전화를 받는 직원이나 사장님들의 목소리는 쩌렁쩌렁했다. 서울 매장이 시끄러워서 내 말이 정확히 전달되지 않을까 봐 덩달아 같이 목소리를 올렸다. 고요한 우리 집 거실에 앉아 나도 같이 큰 소리로 되묻고 확인했다. 식구들이 잠들어 고요한 거실에서 수화기 너머로 음악 소리와 사람들의 소리를 들으며 밤을 낮처럼 살아가는 사람들의 모습이 그려지던 시절이었다. 하지만 요즘은 수화기 너머로 시끄러운 소리가 들리지 않는다. 참 씁쓸하다. 경기가 좋아져 생기 넘치고 시끌벅적한 옛날의 모습을 볼 수 있었으면 좋겠다. 매일 밤 집에 앉아서 서울을 드나들고 있지만, 초창기에 열심히 서울을 다니던 그때가 그립기도 하다.

5. 손님들이 따뜻한 공간에서 편안하게 머물 수 있기를

나는 아이들이 열여섯 살, 스무 살 때 옷 가게를 시작했다.

하지만 나를 10년까지 어리게 보는 사람도 있었다. 옷보다 스타일 때문인 것 같다. 대화를 해보면 외모뿐 아니라 말투나 행동, 표정에서도 나이를 읽히게 되니까. 젊게 산다는 것은 이런 것들도 관리하는 것이라고 생각한다. 벌써 9년 전이니까 그때 손님들의 연령대는 20대 후반부터 30대, 40대까지 다양했다.

아기를 유모차에 태워 오기도 했고, 업고 오거나 띠를 해서 안고 오는 손님들이 있었다. 그런 아기 엄마들에게 필요하고 권할 수 있는 옷. 2주에 한 번씩 서울을 가면 그런 옷들에 초점을 맞추어 가져왔다. 명절이나 연말, 휴가철에는 모처럼 색다른 옷을 입고 싶은 것이 여자들의 심리니까 또 거기에 콘셉트를 맞추어야 했다. 옷 가게를 한다면 그 정도 센스는 기본. 하지만 옷을 많이 팔아야 한다는 마음보다 '젊은 엄마들에게 꼭 필요한 옷은 뭘까? 고민하지 않고 잘 입을 수 있는 옷을 준비해둘 수 있을까?' 하는 마음이었다. 손님들이 이런 나의 진심을 알아주고 어떻게 입을 것인가에 대해 같이 고민하며 만들어가는 옷 가게가 되고 싶었다. '옷 상담사'가 되는 기분이 들 때도 있을 만큼 단골 손님들의 옷에 대해 같이 고민했다. 마치 내 옷을 고르듯 이 정성껏 골라주고 코디해주었다. 단순히 옷을 파는 가게 가 아니라 나의 드레스 룸에 놀러 온 친구나 지인, 동생들 과 같이 만들어가는 그런 공간이 되고 싶었다.

　최근에는 명절이라고 특별히 새 옷을 입지 않는 것 같다. 예전에는 명절이 다가오면 '대목'이라는 말을 썼다. 명절 때 입을 옷을 사러 오는 손님들이 많았기 때문이다. 그런 데 언제부턴가 주부들은 명절에 입을 옷을 따로 장만하지 않았다. 이것은 며느리들만의 비밀인데, 요즘 며느리들은 시댁에 갈 때는 새 옷을 입지 않는다고 한다.

　"언니, 추석(설날) 때는 옷 안 사요. 그냥 입던 대로 갈 거 예요. 어차피 음식을 해야 하니까 평소에 입던 옷 입을 거 예요."

　"시댁에는 새 옷 입고 가면 안 돼요."

　"당신 아들은 처자식 벌어 먹이느라 혼자 고생하는데 내 가 예쁜 옷 입고 가면 눈치 보여서 안 돼요."

　"친정 갈 때는 예쁘게 갈 거예요."

　직장을 다니지 않는 주부들이 평상복이 아닌 새 옷을 장만할 때는 연말 행사나 부부 모임, 아이들 졸업식이나 집안 결혼식이 있을 때, 친구들과 여행을 가거나 가족 휴가 갈 때다. 지금은 일하는 손님들이 많지만 초창기에는 애들이 어린 전업주부들이 대부분이었다. 그때는 마땅히 외출할 곳도 없었고 늘 아이들과 씨름해야 하는 젊은 엄마들에게 부담 없는 가격의 면티들이 인기 상품이었다. 후줄근해지고 늘어진 면티를 벗고 새 옷을 입고 싶은 것이다. 같은 면티지만 늘어나지 않고 물도 빠지지 않는 깔끔한 새 옷이 입고 싶은 심정을, 이미 그 시절을 지나온 우리는 충분히 이해할 수 있다. 그렇게 아이들을 키운 뒤, 아이들이 어느 정도 자라 직장을 나가기 시작한 손님들이 늘기 시작했다. 그러자 비록 몸은 고달파도 눈치 보며 면티 하나 겨우 사 입던 이들이 직장을 다닌다는 이유로 좀 괜찮은 옷들을 사 입기 시작했다.

본인이 일해서 번 돈으로 눈치 보지 않고 떳떳하게 옷을 사 입을 수 있다는 것은 자신감과 자존감이 올라가는 일이다. 물론 남편의 능력이 좋아서 사회 활동을 하지 않아도 하고 싶은 거 하면서 여유 있게 생활하는 주부들도 있을 것이다. 하지만 우리 주변의 주부 대부분은 비슷한 삶을 살고 있다. 조금 더 가졌고 덜 가졌다는 차이는 있겠지만 사람 살아가는 모습은 비슷하다.

손님들이 옷을 입어보고 거울 속 자신의 모습을 볼 때 좀 더 환해 보이고 예뻐 보이는 공간, 미소 지을 수 있게 하는 공간으로 만들고 싶었다. 내가 만족해야 손님들도 만족할 거라는 생각을 늘 하고 있었기 때문에 내가 원하는 대로 공들여 인테리어를 했다. 우리 손님들도 나이에 상관없이 모두 여자이기에 그런 감성을 지켜주고 싶었다. 옷만 걸어놓고 파느라 감성은 포기하고 썰렁한 공간에서 한두 달도 아니고 몇 년을 지낼 수는 없었다. 내가 종일 머무는 공간이기에 따뜻한 공간으로 만들고 싶었다. 쉽게 지치지 않고, 혼자 있을 때도 충분히 무언가를 할 수 있는 나만의 공간을 만드는 것이 중요했다. 손님들은 우리 가게에 잠깐이든 오래든 머무르면서 "나도 이런 공간 갖고 싶어요"라는 말을 자주 했다. 여자라면 한 번쯤 이런 공간에 대한 로망을 꿈꿀 것이다. 늘 음악을 들을 수 있고 내가 취미로 찍은 사진들이 진열되어 있으며 손만 뻗으면 언제든 읽을 수 있는 책들이 널려 있는 공간이다. 좋아하는 소품과 따뜻한 조명, 테라스에는 주부님들이 좋아하는 식물을 키우는 감성 공간. 때론 시끄러운 카페보다 우리 가게가 더 좋다고, 손님들은 커피를 사 들고 나를 찾아오기도 한다.

"여기서 음악 들으며 커피 마시는 것이 더 좋아요."

옷도 구경하고 차도 마시고 음악을 들으며 가벼운 대화

도 나누다 보면 시간이 금방 지나간다. 웃으면서 문을 열고 들어오는 손님들을 반갑게 맞아주는 일은 나의 일상이다. 손님들은 붕어빵을 사오기도 하고 과일을 들고 오기도 하며, 오다가다 군것질거리나 집에서 만든 밑반찬을 갖다 주기도 한다. 김장철에는 김장김치도 빠지지 않는다. 양이 많든 적든 맛보라고 주는 것이다. 정성을 들인 무언가를 들고 오는 손님들이다. 설령 아무것도 들고 오지 않아도 나를 찾아오는 그 마음을 반갑게 맞아주는 것이 내 일이다. 마음에 드는 옷을 잘 고를 수 있도록 도와주지만 옷만 파는 것이 아니라 따뜻한 공간에서 마음 편하게 머무를 수 있기를 바란다. 감동은 작은 것에서 크게 온다.

　여자는 할머니가 되어도 여자라고 했다. 더군다나 아직 40대, 50대인 우리 손님들은 충분히 여자이고 싶은 나이다. 아니 여자는 나이와 상관없이 죽을 때까지 모두가 여자라고 생각한다. 손님들을 보며 더 많이 알게 되었다. 나이 드신 엄마와 같이 오는 손님들은 엄마의 옷을 골라주는데, 주름이 가득한 엄마들의 표정이 행복해 보인다. 혼자서는 이런 옷 가게를 잘 못 들어오신다고 했다. "우리가 입을 옷이 있어요?"라고 말씀하신다. 할머니가 된 엄마는 딸이 모시고 오니 선뜻 들어오게 된다. 그리고 예쁜 옷 가게에서 여자임을 확인하며 행복해한다. 옛날 같으면 시장에서 할머니 옷을 사 입을 테지만 시대가 많이 변했다.

옷만 많이 팔면 되는데 굳이 이렇게까지 공을 들이는 것은 나를 위한 일이기도 하다. 나 역시 나이 들어가고 있으면서 '다시 태어나도 여자로 태어나고 싶다'고 말하는 사람이다. 나는 아날로그다. 좀 느리고 흐릿하며 잔잔하다. 은은한 아이보리색이나 밝은 베이지색을 닮았다.

'슈가'가 내게 좋은 공간이면 우리 손님들에게도 머무르고 싶은 공간일 것이다.

6. '신상'과 '새 옷'은 엄연히 다르답니다

여자들이 좋아하는 옷은 '신상'이 아니라 '새 옷'이다. 내가 신상이라고 말하는 것도 '새 옷'의 의미다. 우리 손님들도 내가 막 내린 옷은 신상이라고 부른다. 서울 시장은 지방보나 한 달 이상 먼저 신상이 준비된다. 하지만 동네 작은 가게에서는 신상이 너무 앞서가면 안 되기 때문에 한 박자 정도 지난 후에 준비해둔다. 그러다 보면 서울에서는 이미 신상이 아니시만, 나에게는 그때부터 신상이 된다. 계절이 바뀔 때면 부지런히 움직여야 한다. 하루가 다르게 새 옷들이 쏟아져 나오는데 늑장을 부리다 보면 뒤처지게 마련이다. 공부는 일등을 못 했지만 일에서는 남들보다 뒤지는 것이 싫었다. 숙녀복 가게가 몰려 있는 상가 안에서 지내는 7년 동안 늘 다른 가게보다 먼저 신상을 준비하려고 노력했다.

백화점은 언제나 한 계절 앞서서 신상을 선보인다. 우리같은 구멍가게가 백화점에 보조를 맞추기는 어려웠다. 너무 일찍 신상을 준비해두면 아직 입지도 못하면서 손님들 눈에는 익숙해져, 막상 입을 시기가 되면 그 옷들이 재고처럼 느껴질 수 있다.

　여자들은 '새 옷'을 좋아한다. 적당히 빠르면서 뒤처지지 않게 옷을 주문하고 디스플레이를 해야 하는데 이런 작업도 프로답게 하고 싶었다. 아무리 작은 가게일지라도 무언가 제대로 하려면 마인드부터 프로여야 한다. 옷 가게를 한다는 것이 만만한 일이 아니다. 매일 같은 옷을 걸어두고 보는 일은 손님뿐 아니라 주인인 나도 지겨울 때가 있다. 단골손님들은 자주 오는 사람들이다. 그러니 올 때마다 새로운 상품이 있어야 좋아한다. 소비를 부추기려는 것은 아니지만 옷 장사는 옷을 팔아야 한다. 옷 가게에 오는 사람들은 옷을 사고 싶어 온다. 당연한 원칙이다. 전시장이 아니라 물건을 파는 곳이다. 같은 물건을 한 달 동안 걸어두는 것은 전시와 다를 바가 없다. 어느 정도 팔리고 단골손님들이 구매해간 옷은 새로운 상품들로 교체해야 한다. 물론 아직 보지 못한 손님들이 있기에 그 옷들을 계속 팔기는 하겠지만, 늘 새로운 상품을 매의 눈으로 살펴보고 골라야 한다. 동대문 상가 매장에서도 이제 카카오스토리나 '신상 마켓'이라는 것을 통해 지방 상인들이 실시간으로 신상을 볼 수 있도록 작업을 해준다. 내가 그렇게 보내주는 사진을 보고 물건을 고르듯이 우리 손님들도 내 카카오스토리의 사진을 보고 미리 찜해두었다가 방문한다. 손님들 중 직장 생활을 하는 분들이 많다 보니 시간 날 때마다 나의 카카오스토리를 즐겨 본다고 한다. 그렇게 일명 '눈팅'을 하다가 오게 되는데, 새로운 상품이 올라오지 않으면 재미가 없을 것이다.

"언니 집 옷은 있을 때 안 사면 나중에는 없더라."
"마음에 드는 거 있으면 바로 사야 해. 뜸들이다가 오면 벌써 다 팔리고 없어."

단골손님들은 언제부터인가 본인이 찾던 옷이고 마음에 드는 옷이면 망설이거나 미루지 않는다. 미루다가 정말 마음에 드는 옷을 놓친 경험이 한두 번씩은 있기 때문이다. 옷 좋아하는 단골손님들은 취미생활을 하듯이 옷을 산다. 하지만 과소비라고 생각하진 않는다. 비싼 명품이나 고가의 브랜드 옷이 아니기 때문이다. 어느 정도 퀄리티가 있으면서 디자인도 예뻐 그나마 만족스럽게 쇼핑을 할 수 있는 것이다. 여자들이 백화점 물건으로 만족할 만한 쇼핑을 한다면 우리 가게에서 쓰는 금액의 몇 배를 지불해야 할 것이다. 그러니 우리 가게에서 쇼핑을 하는 것은 건전한 소비 생활이라고 말하고 싶다.

백화점 물건이라도 모두 질이 좋은 상품은 아니다. 중저가 브랜드 상품이나 세일 코너, 행사 코너 등에서 판매하는 상품은 오히려 우리가 파는 물건보다 원단이나 디자인 등이 떨어지는 것도 많다. 간혹 지나가다 우연히 들른 손님들은 백화점보다 비싸다고 말하기도 한다. 백화점이라고 고가품만 파는 것이 아님을 알기에 질 낮은 상품과 비교하지 말았으면 하는 바람이다.

흔히 '돈대로 간다', '비싼 데는 이유가 있겠지?', '싸고 좋은 물건은 없더라', '가격 대비 괜찮은 물건은 있다' 이런 말을 자주 듣는다. 다 옷 장사를 하면서 알게 된 것이다. '싸고 좋은 물건'은 없다. 다만 '가격 대비 괜찮은 물건'은 있다. 내가 할 일은 발품을 팔아서라도 손님들이 가성비가 좋은 물건을 고를 수 있도록 노력하는 것이었다. 엄청 고급은 아니어도 적당한 가격으로 괜찮게 입을 수 있는 옷은 누구나 좋아한다. 하지만 누가 봐도 질 좋은 뛰어난 옷들은 몸값이 비싸더라도 찾는 손님들을 위해 준비해두어야 한다. 작은 도시의 작은 마을에 있는 동네 옷 가게 손님들은 이웃이고 비슷한 또래의 주부이고 아줌마이기 때문이다.

단골들과 옷에 대한 고민을 함께한다는 말을 앞에서 했다. 신상을 준비할 때 내 머릿속은 온통 옷 생각뿐이다. 매일 거래처에서 올리는 신상 사진을 보다 보면 눈이 빠질 것처럼 피곤해진다. 하지만 신상을 살펴보는 일을 게을리 할 수가 없다. 하나라도 우리 스타일에 맞는 옷을 골라야 한다. 저녁에 가게를 마치고 퇴근하지만 집에 와서는 다시 신상 고르는 작업을 한다. 마치 집으로 다시 출근하는 기분이다. 거래처에서 신상이 쏟아질 때는 새벽 두 시까지 폰에서 눈을 뗄 겨를 없이 바쁘게 주문하고 입금하고… 잠을 쫓아가면서 일한다. 그렇게 일을 끝내고 고개를 들어 시계를 보면 어느새 날이 훤하게 밝아온다. 그렇지만 옷에 대한 욕심으로 신상을 내일 당장 보고 싶어진다. 사진으로 보고 주문한 예쁜 옷늘을 어서 빨리 내 눈으로 직접 보고 싶고 얼른 입어보고 싶어서, 게으름을 피울 수가 없다.

"또 신상이 나왔네요?"

"왜 자꾸 예쁜 옷들을 갖다 놓는 거예요?"

"이제는 다음 계절까지 안 올 거예요."

"지난주에 많이 질렀는데 또 예쁜 옷을 해오면 어쩌라고."

"이번 달은 거지가 됐어요."

"슈가에는 오면 안 되겠다. 옷 찾으러 왔다가 또 사네."

"예쁜 옷을 해오지 말까요?"

"신상을 보면 나도 통제가 안 돼요. 나도 매일 밤 돈을 많이 써요."

　이런 대화를 손님들과 언제나 웃으면서 주고받는다. 말은 이렇게 해도 옷 가게에 와서 예쁜 옷을 구경하는 일은 옷을 사지 않더라도 즐겁고 행복한 일이다. 손님들 또한 옷에 대한 감각이 늘고 요즘 트렌드를 알 수 있게 된다. 그러니 문턱이 닳도록 부지런히 드나드는 것도 나쁘지 않다고 생각한다. 내가 나쁜 주인이다. 손님들의 모습을 보면서 눈이 즐겁다. 가끔은 대리만족을 하기도 한다.

　의욕도 떨어지고 삶이 즐겁지 않고 사는 게 행복하지 않을 때는 아무리 예쁘고 좋은 옷을 봐도 눈에 들어오지 않는다. 입어보고 싶은 의욕도 생기지 않는다. 그렇기에 내 또래 여자들이 이렇게 행복해하면서 즐거울 수 있는 곳이 있음에 감사한다. 나의 가게가 그런 곳이어서 정말 좋다. 그로 인해 나 또한 즐겁고 행복한 일상을 살아가고 있다. 내가 신상을 부지런히 준비하는 이유다.

7. 트렌드 속에서
당신만의 스타일과 디테일을 찾아낸다는 것

제목을 적고 보니 트렌드니, 디테일이니 무언가 어려운 듯 여겨지기도 하고 세련된 느낌을 주기도 한다. '트렌드' 는 쉽게 말해 '유행'이라는 뜻이다. '유행의 흐름' 같은 것이라고 할까? 사실 나는 옷 장사하는 사람이지 패션 전문가는 아니다. 디자이너도 아니고 섬유를 연구하는 사람도 아니다. 하지만 손님들은 나에게 많은 것을 기대하고 질문한다. 옷 가게 주인이라면 적어도 매 시즌 트렌드 정도는 알고 있어야 한다.

작은 옷 가게지만 자긍심을 가지고 있었다. 나 자신에게 당당한 일을 하고 있기에. 어느 때라도 내가 자신 있고 당당하기 위해 노력했다. 요즘 트렌드 정도는 알고 있어야 해서 패션 감각도 공부한다. 손님들보다 먼저 알아야 하고 더 많은 정보를 가지고 있어야 한다. 유행을 따라가지 못하면 단골을 유지하기도 힘들다. 우리나라 의류 시장은 유행이 급변한다. 매 시즌 다양하게 나오는 옷들을 보면 우리나라 디자이너들이 얼마나 머리가 좋은지 알 수 있다. 9

넌째 옷들을 엄청나게 보아오면서 '이런 디자인으로 만들 수가 있다니' 하면서 감탄한다. 다른 일이었으면 진즉에 싫증을 느끼고 그만두고 싶은 생각이 몇 번이나 들었을 텐데, 옷은 늘 다양하게 신상이 나오니 싫증을 못 느꼈던 것 같다.

유행에 가장 민감한 것이 여자들의 옷이다. 요즘은 옷이 낡아서 못 입는 사람은 거의 없다. 세련돼 보이고 싶고 센스 있게 보이고 싶다면 유행을 따르거나 유행을 앞서가야 한다. 하지만 너무 앞서가는 사람들은 부담스럽다. 개성이 없거나 본인에게 어울리지 않으면서 유행하는 스타일만 좇는 것 또한 패션 테러리스트와 다를 바 없다. 적당히 유행을 따르면서 본인의 스타일을 만들어가야 '본인의 색깔이 있다'고 표현할 수 있을 것 같다. 나는 패션을 전공한 사람도 아니고 디자인이나 섬유에 대해 공부를 한 적도 없다. 하지만 좋아하다 보면 전문가가 아니어도 안목은 생긴다. 흔히 우리가 음식을 먹을 때 만들 줄은 몰라도 맛은 아는 것과 같다. 그래서 손님들에게 코디를 해주고 어울리는 색상과 디자인을 골라주는 것이다. 편의점에서 물건을 골라가듯이 걸려 있는 옷을 손님이 골라서 계산하고 간다면 얼마나 편할까? 하지만 우리 가게 단골손님들은 대부분 주인인 내가 봐주길 원한다. 옷 가게의 특징이다. "이거 어때요?", "이게 더 나아요?", "이 색깔은 어때요?", "다른 색은 없어요?" 수없이 질문하고 대답을 해주고 어떤 날은 (이러면 안 되는데) 귀찮을 만큼 시달릴 때도 있다. 손님은 한 분 한 분 다 다르지만 나 혼자 릴레이하듯 종일 이어질 때는 진이 빠진다. 내 입장에서는 본인의 색깔을 잘 알아서 척척 고르는 손님이 참 고맙다. 그렇다고 다른 손님이 진상이라는 말은 절대 아니다. 우리 손님 중에는 진상은 결코 단 한 명도 없다. 다만 정도에 따라서 선택을 잘하거나 못하는 정도의 차이는 있다. 본인이 만족할 때까지 옷을 선택하는 과정은 누구나 힘들다.

유행이라고 하면 가장 예민하게 다가오는 것이 색상이다. 유행이 변하기도 하지만 손님들이 선호하는 색상이 변하기도 하는데 나부터가 그랬다. 오래전에는 회색 계열과 화이트, 블랙, 청바지 이런 옷만 입었다. 몇 년이 지나면서 원색을 찾게 되었고 그다음은 은은한 파스텔 톤의 옷들을 좋아하게 되었다. 최근에는 거의 아이보리색이나 베이지색 위주로 옷을 입는다. 해마다 유행하는 색상들이 있고 계절마다 유행하는 색상들이 있다. 나는 원래 좋아하거나 내가 잘 받는 색상에 유행하는 색상을 포인트로 넣거나 단품으로 입는다. 아무리 유행이라도 본인에게 맞는 색을 바꾸기는 힘들다. 그런데 본인이 고집하는 색이 있지만 다른 사람들이 볼 때 어울리지 않거나 그것보다 다른 색이 더 잘 어울릴 때가 있다. 그럴 때는 손님의 고정관념도 바꿔야 한다. 더 잘 어울리는 색으로 서서히 갈아타는 것이다. 어떤 때는 '굳이 내가 이렇게까지 애쓸 필요가 있을까? 그냥 손님이 좋아하는 색을 주면 나도 편할 텐데'라는 생각을 할 때도 있다. 하지만 앞에서도 말했듯이 내게 오는 손님에게는 일종의 책임감 같은 것이 생긴다. 그래서 정성을 다해야 한다. 귀찮으니 대충 손님이 원하는 대로 준다거나 할 수는 없다(물론 손님이 원하는 것을 가져가야 할 때도 많지만). 손님이 나에게 묻고 골라달라고 할 때는 나를 믿고 맡긴다는 뜻이다.

어떤 디자인이나 색상을 고르더라도 매번 트렌드가 있다. 그런 트렌드를 가미해야 식상하지 않고 적당히 신선하게 보인다. 손님들에게 트렌드를 알려주고 입을 수 있도록 하는 것도 내가 해야 하는 일이다. 우리 손님들을 유행에 뒤처지는 사람으로 만들고 싶지는 않다. 단골손님들은 대부분 무난한 스타일을 좋아한다. 무난하고 평범한 옷은 자칫 그 옷이 그 옷 같다는 느낌을 줄 수 있다. 하지만 우리 가게에서 산 옷을 입고 나갔을 때 적어도 '예쁘다', '어디서 샀노?' 이런 말 정도는 들을 수 있어야 한다. 그래야 손님들은 기분이 좋을 것이고 자신감도 생길 것이다. 무엇보다 나에게 신뢰감을 느끼고 고맙다는 말 한 마디라도 할 수 있을 것이다. 생각해보면 돈을 버는 일보다 이런 트렌드에 맞는 옷을 입히면서 손님들의 개성을 살려주고 스타일을 찾아주면서 느끼는 보람이 더 컸다. 그런 것이 나를 더 힘나게 한다. 그렇게 하다 보니 손님들이 나를 찾아오고 돈도 벌 수 있었다.

작지만 미세한 '디테일'이란 것이 있다. 어딘가 모르게 달라 보이는 것이 디테일이다. 각자의 스타일을 잘 파악하고 좋아하는 스타일과 어울리는 스타일이 다르다는 것을 알게 되는 것. 그것 또한 디테일하게 보도록 노력해볼 일이다. 무언가 거창하고 어려워 보이는데 이는 곧 단골손님들의 취향을 파악하라는 뜻이다. 내 스타일을 강요하고 입히기 전에 손님의 취향을 파악하고 맞는 스타일을 입히는 것. 손님들이 센스 있고 세련되어서 나보다 훨씬 코디를 잘한다면 나는 그저 그분들이 좋아할 만한 옷만 준비하면 된다. 하지만 그렇지 못한 손님들에게는 예쁜 옷을 입히면서 그분들의 개성이나 스타일을 지켜줘야 한다. 말만 들어도 무슨 과제를 하는 것 같지만, 손님들을 자주 상대하다

보면 가게에 들어온 손님을 나도 모르게 스캔하는 경우가
종종 있다. 새로운 손님이 어떤 스타일인지 대충 파악하려
는 본능적인 행동인 것이다. 그럴 때는 나에게도 디테일함
이 필요하다. 재빠르게 손님들의 스타일을 읽어내야 한다.

유행할 때는 유행하는 스타일을 입어주자. 말 그대로 유
행은 흐름이다. 대부분 2년에서 길어야 3년 정도. 딱히
비싸지도 않다(물론 좀 사악한 가격의 옷도 있지만). 남들
은 다 입는데 나 혼자만 유행하는 스타일의 옷이 하나도
없다는 것도 말이 안 된다. 스타일이란 무엇인가? 각자가
모두 다른 스타일이 있다. 일종의 '개성'이다. 각자의 스타
일을 가진다는 것이 중요한데, 아직 스타일을 못 찾고 이
것도 입었다가 저것도 입었다 하는 사람들도 많다. 그렇
다고 나무랄 수는 없다. 그것 또한 그 사람의 스타일인 것
이다. 모든 스타일을 소화하는 일명 옷발 잘 받는 손님들
도 있다. 웬만큼 친해지기 전에는 섣불리 스타일을 바꿔주
거나 권할 수가 없다. 괜한 오해를 살 수도 있기 때문이다.
하지만 늘 시도는 해봐야 한다. 그러다 보면 어느새 손님
도 '정말 진심이구나'라고 느낄 때가 있으니까. 마음을 움
직이는 일은 '감동'을 주는 일이다. 작은 감동이라도 느낄
수 있다면 손님과 나 사이에는 벽이 무너질 수 있으며 믿

음도 생기게 된다. 그렇게 스타일을 찾아가는 일을 함께 하다 보면 어느새 손님은 단골이 되어 있고 스타일도 제법 괜찮게 나오기 시작할 것이다.

나보다 나이가 많은 어른들은 예쁜 옷을 입을 수 있을 때 예쁘게 입으라고 말씀하신다. 나이가 더 들면 예쁜 옷보다는 무조건 가볍고 편한 옷만 찾는다고 말이다. 나 역시 손님들이 한 살이라도 젊을 때 예쁘게 입고, 젊게 살고 자신을 가꾸길 원한다. 또한 나도 우리 손님들과 같이 나이 들어가기에 자신을 가꾸는 일에 게으르지 않으려고 노력한다. 이떤 때는 귀찮다. 그럴 때마다 '아직은 이러면 안 돼'라고 스스로를 재촉한다. '오늘이 내 인생에서 가장 젊은 날'이라는 말이 있다. 그 말처럼 나는 오늘 가장 젊은 날을 살고 있다. 그래서 오늘을 예쁘고 행복하게 보내려고 한다. 그런 날이 하루하루 모여서 한 달이 되고 일 년이 된다. 우리 가게에 오는 손님들은 누구라도 매일 행복하기를 바란다.

8. 몸매가 멋진 사람보다는 지금의 자신에게 당당한 사람

　나는 지금 내 인생에서 몸무게가 가장 많이 나간다. 옷 가게를 하며 늘 그런 대로 유지해오던 몸매가 어느 순간 무너지기 시작했는데, 갱년기 때문이라고 변명만 하고 있다. 단 한 번도 내 몸이 이렇게 변할 것이라는 의심을 해보지 않았다. 친정 식구들이 모두 마른 체질이라 우리 가족들은 먹어도 살이 안 찐다고 생각했기 때문이다. 몸무게가 조금씩 늘더니 최근 일 년 사이에는 심하게 늘어났다. 나를 아는 사람들은 다들 놀란다. 결혼 전보다 많이 늘어났지만 그래도 봐줄 만하다고 했는데 지난 한 해 동안은 감당이 안 되게 늘어나기 시작한 것이다. 손님들도 놀라긴 마찬가지였다. '정말 살 안 찔 것 같더니 나잇살은 어쩔 수 없나 보다' 했다.

　이렇게 살이 급속도로 찌고 나니 이전에는 몰랐던 손님들의 고충을 이해할 수 있었다. 매일 다이어트를 한다고, 지금 열심히 노력 중이라고 말씀하시는 손님들이 아무리 봐도 그대로여서 '무슨 노력을 한단 말이지?' 속으로 혼자 질문하기도 했다. 주부들은 주로 뱃살이 제일 큰 고민이었다. 정말 독하게 빼지 않으면 평생을 함께 살아야 한다. 뱃살이 그나마 덜 나왔을 때 뱃살 공주 손님들을 보면서 '좀 독하게 안 먹으면 되지 않을까? 뱃살은 많이 먹으면 나오는 것인데…'라고 생각했다. 막상 나는 어떤가? 실제로 먹는 양이 많지 않다. 우리 가족이나 친구, 지인들은 내가 많이 먹지 않는다는 것을 잘 알고 있다. 좀 과하게 먹는다 싶으면 소화가 안 되고 바로 배가 아프다. 그런데도 살은 찐다. 예전에 입던 스몰 사이즈의 바지들을 지금은 못 입는다. 어떤 바지는 허벅지에서 아예 올라가지도 않는다.

살을 빼기 위해서 노력한다는 손님들의 말을 믿지 않기도 했다. 하지만 막상 내가 살이 쪄보니 아무런 노력도 하지 않는 나에 비해 조금이라도 노력한다는 분들이 대단해 보였다. 허리둘레 1인치 줄이기가 얼마나 힘든지 알았다. 남자들보다 갱년기를 맞은 여자들의 이유 있는 뱃살을 한심한 눈으로만 보지 않았으면 좋겠다. 특히 남편들에게 당부하고 싶다. 우리도 젊은 시절 날씬했고 예뻤으며 충분히 사랑받을 자격이 있는 여자들이었다. 임신과 출산 과정을 거치며 대부분의 여자가 기본적으로 살이 찐 상태를 유지하다가 갱년기가 되면서 더 불어나는 경우가 많다. 심지어는 자녀들도 살찐 엄마에게 가끔 '엄마 뱃살은 너무 심해'

라거나 '뚱뚱하다'라는 식으로 무시하는 말을 던지는 경우를 본다. "엄마도 옛날에는 너처럼 말랐을 거야." "너희 낳고 키우느라 살도 잘 못 빼고 관리를 못 한 거야." 엄마를 따라온 아이에게 웃으면서 말해준다. 여자는 뱃살 공주든 할머니든 여자로 인정받고 싶어 하니까.

일 년 사이에 거의 8kg 이상 살이 찌고 나서 많이 듣는 말이 '후덕해 보인다', '마음이 편한가 보네요', '보기 좋다' 가끔은 '귀엽다', '얼굴에 뭐 넣었어요?'였다. 후덕해 보인다는 말을 태어나서 처음 들어봤다. 까칠하고 예민해 보이지 않는 사람들은 대부분 살이 좀 있으면서 푸근해 보이는 인상을 가지고 있다. 하지만 속으면 안 되는 것이, 의외로 그런 사람이 더 예민하고 소심한 경우를 더러 보았다. 보이는 것만 믿고 실수하지 않도록 조심해야 한다. 대개 마른 사람들이 예민하고 까다로운 경우가 많지만, 어디까지나 경험일 뿐이다. 분명한 근거가 있는 것이 아니므로 이 글을 읽는 사람들이 오해하지 않기를 바란다. 사실 체형보다는 개개인의 성격 차이일 것이다. 옷을 골라주다 보면 수월한 사람과 좀 힘든 사람이 있다. 옷을 골라주기가 어려우면 힘든 사람이다. 그러나 힘든 사람이 꼭 진상이라는 말은 아니다.

미국의 배우인 엠마 로버츠처럼 신장이 157cm밖에 안 되지만 비율이 좋은 사람이 있으면 아담한 신장에 팔과 다리가 짧은 사람이 있고, 키는 작지만 어깨가 넓은 사람이 있으면 어깨는 넓지 않지만 허벅지가 굵은 사람도 있다. 작은 체구 또한 전체적으로 통통하면서 키 작은 사람과 마르고 키 작은 사람, 다리는 얇은데 뱃살이 많은 사람 등 여러 부류로 나눌 수 있다. 하지만 어떤 체형이든지 옷발이 잘 받는 사람은 꼭 있다. 비율이 좋거나, 비율은 별로라도 본인에게 맞는 스타일을 잘 입거나, 또는 마음에 안 드는 부분을 잘 커버해서 입는 사람이다. 키 작고 통통하고 비율이 안 좋아도 본인의 개성을 살려서 당당하게 입고 다니는 이들에게 많은 사람들은 오히려 옷을 잘 입는다고 말해준다. 키 크고 비율이 좋다고 해서 옷을 다 잘 입거나 잘 어울리는 것은 아닌 것이다.

하지만 아담한 체형의 손님들은 기본적으로 소매가 몸에 비해 길다. 바지 기장이 긴 것도 당연하다. 그런데 입을 때마다 소매길이가 길다고 불평하고 바지 기장이 길어서 수선비 든다고 불만인 사람들을 종종 본다. 아니 9년째 그런 손님들을 보아왔다. 또 한편으론 소매길이가 긴 것도 당연하다 생각하고 옷을 살 때 편하게 수선할 거라 생각하며 고르는 사람들도 있다. 그러면 나도 손님에게 예쁜 옷을 잘 골라줄 수 있다. 바지 기장도 수선해서 입으면 되는데 입었을 때 길이가 딱 맞기를 원하면 맞는 옷이 없을 수밖에 없다. 긍정적인 사람들은 표정도 밝고 인상이 좋다. 옷을 입을 때마다 불만을 먼저 말하는 사람이 간혹 있다. 이 옷은 이래서 안 되고 저래서 안 되고, 또 어떤 옷은 왜 이렇게 긴지, 왜 맨날 수선을 해야 하는지 불만이다. 사이즈가 틀려서 잘 못 고르다가도, 막상 사이즈가 맞는 옷이 나오면 무언가 다른 불만족스러운 요소를 찾는 사람들이 있다. 내가 보기엔 딱 예쁘고 다 좋은데 손님은 무언가 다른 불만을 찾아낸다. 이해가 안 될 때가 많았다. 예쁜 옷을 입고 싶어서 사러 왔는지 옷을 안 사야 하는 이유를 찾기 위해 온 것인지 알 수가 없다.

"큰 사람들은 옷 고르기가 더 힘들어요." 소매도 짧고 바지 길이도 짧고. 긴 옷은 자르면 되지만 짧은 옷은 붙일 수도 없으니 팔다리가 긴 손님 역시 잘 맞는 옷을 입기가 여간 힘든 것이 아니다. 어깨가 넓고 등발이 큰 사람들은 팔뚝이 굵어서 옷이 비좁고 낀다. 가슴이 큰 사람들 역시 품이 맞지 않아서 옷 고르기가 어렵다. 몸에 맞는 옷만 골라야 한다면 치수가 큰 옷을 고르면 되지만 최대한 날씬해 보이는 옷을 입고 싶어 하기 때문이다. 무조건 큰 옷을 권해주면 안 된다. 지퍼가 잠기지 않는데도 타이트하게 맞는 점퍼를 입으려는 손님도 있다. 꼭 잠가서 입으려면 가슴둘레가 큰 옷을 입어야 하는데, 오버핏의 점퍼를 입으면 덩치가 더 커 보인다는 것이다. 정말 덩치가 큰 손님은 몸만 들어가면 된다고 말하지만 막상 사이즈 큰 옷을 권해주면 사이즈만 크다고 입지 않는다. 옷은 본인이 보기에 예뻐야 하는 것이다.

　표준 몸매가 아닌 사람이라면 이런 경험은 한 번쯤은 다 있을 것이다. 어차피 새 옷을 입을 때 그런 부분은 감수해야 한다. 이에 비해 덩치가 큰 손님들은 맞으면 쉽게 사는 경향이 있다. 이들은 맞는 옷이 없어서 옷을 잘 못 산다고 말하는 손님들이다. "웬일로 나한테 맞는 옷이 있네" 하며 기분이 좋아지는 것이다. 이런 이유로 마른 손님들보다 살이 좀 찐 손님들에게 옷을 팔기가 덜 힘들 때도 있다.
　"너무 커 보이지 않아요?", "너무 뚱뚱해 보이지 않아요?" 덩치가 큰 손님들은 이런 질문을 많이 한다. 이해한다. 살이 찌고 나니 나 역시 이런 질문들을 하게 되더라.

　표준 몸매를 가진 것에 감사해야 한다. 그리고 입는 옷마다 잘 어울리는 사람은 두말할 것도 없다. 소매길이도 잘 맞고 바지 기장도 줄일 필요가 없는 몸매를 가진 것에 감사해야 한다. 8등신이어야만 옷을 입었을 때 잘 맞는 것은 아니다. 한 번씩 드는 생각이 '왜 모델들은 모두 늘씬하고 마르고 키 큰 사람만 하는가?'였다. 뱃살이 많으면 많은 대로 커버하면서 예쁜 옷을 정말 멋지게 입어주면 좋겠다. 몸매보다 자신이 입은 옷에 당당할 때 더 멋져 보인다. 옷을 대하는 표정에 묻어 있는 다양한 손님의 행복함과 불평불만을 나는 늘 보고 있다. 밝은 표정과 상냥하며 자신감 있는 모습을 가진 손님, 그 손님은 내가 만나본 사람 중에 가장 예쁜 손님이다.

제4장

고객님 고객님 나의 고객님

1. 휠체어를 타고 찾아온 천사

어느 날 휠체어를 타고 온 손님이 있었다. 휠체어는 비좁은 가게 공간을 절반은 차지하는 듯했다. 옷 가게를 시작한 지 얼마 되지 않았고 낯가림이 심했던 나는 휠체어라는 낯선 물건과 몸이 불편한 이 손님을 어떻게 대해야 할지 난감했다. 앉아 있었지만 딱 봐도 키가 컸다. 다리가 길고 위 지방 사람 말투를 썼다. 휠체어에 앉아서 옷을 고르는 그녀에게 어떤 옷을 권할 수도 없었으며 딱히 주고받을 말도 없었다. 옷을 입어보지 않고(몸이 불편하니 입어볼 수가 없다) 이것저것 그냥 눈으로만 보고 골랐다. 내가 거들어줄 것 없이 본인이 알아서 수월하게 옷을 사갔다. 거의 교환도 하지 않는, 옷을 정말 좋아하는 손님이었다. 가게에 와서 그녀를 본 손님들은 우리와 다른 모습과 다양한 옷을 사가는 모습을 의아해하며 쳐다보기도 했다.

선자는 걸어 다니지 못하지만 예쁜 옷을 쇼핑하고 입는 것을 좋아하는 손님이다. 휠체어를 타고 다니지만 옷을 고를 때 뒷모습에도 신경을 썼다. 뒷모습은 보이지도 않는데 바지의 힙 부분도 디테일하게 고른다. 편견을 버리자 그녀를 이해할 수가 있었다. 우리가 아무도 보지 않는 속옷에도 신경을 쓰는 것과 비슷할까? 그녀는 누구보다 자신이 입고 다니는 옷에 신경을 썼다.

그녀는 우리 가게에 오면 오래 머물렀다. 옷 가게를 시작하고 이렇게 오랫동안 머무르는 손님은 처음이라 서먹했다. 장애인이라서가 아니라, 먼저 선뜻 다가가는 성격이 아닌 탓에 친해지기가 힘들었다. 하루는 그녀가 계속 같이 있었는데 대화를 어떻게 이끌어가야 할지 몰라서 힘들었다. 다른 손님도 없고, 어색한 게 싫어서 그녀를 혼자 있게 하고 잠시 옆 가게에 가기도 했다. 그 일은 두고두고 '내가 왜 그랬을까?' 후회가 남았다. 그러다가 기억은 잘 안 나지만 언제부터인가 가까워지게 되었다.

제법 시간이 흐른 후에야 몸이 왜 불편해졌는지 물어볼 수가 있었는데, 후천적인 신경마비였다고 한다. 그전에는 아주 건강하고 운동도 좋아했다고 한다. 키가 크고 비율이 좋아서 옷발도 잘 받았다고 했다. 대학 시절에는 모델 못지않은 몸매를 자랑했다고 한다. 딱 봐도 그랬을 것 같았다. 그렇게 옷을 좋아하고 예쁘게 입고 다니던 사람이 갑자기 다리를 못 쓰게 되었으니 어땠을까? 보통 이상의 정신력이 아니고선 견디기 힘든 시간을 보냈을 것이다.

남편이 직장을 옮기면서 이사를 오게 되었다고 했다. 낯선 도시여서 친구나 지인도 없는 데다, 휠체어를 타고 다니다 보니 갈 수 있는 곳도 한정되어 있었다. 어딘가 다니기도 하고, 새로운 사람들과 관계를 맺으며 다니다가 상가 안의 많은 옷 가게 중에 우리 가게를 찜했나 보다. 많은 옷 가게 중에서 우리 가게를 오게 된 것은 인연이었을 것이다. 이렇게 내게 온 그녀의 이름, 선자.

그녀는 손재주가 좋았다. 어느 날부터 프랑스 자수를 배우기 시작하더니 친한 몇 명에게 작은 브로치나 소품 등을 직접 수놓아서 선물해주었다. 내 생일에는 직접 수놓은 쿠션 커버를 선물로 주었다. 부피 큰 쿠션을 안은 채 열심히 휠체어를 밀고 가게로 왔다. 건강한 우리에게는 쿠션 두 개가 별거 아니겠지만 휠체어를 손으로 밀고 다니는 그녀에게는 오는 길이 힘들었을 것이다.

"세상에나. 이걸 들고 어떻게 왔어요?" 깜짝 놀라 괜한 미안함에 이야기하면 별거 아니라고 대답하며 생색도 내지 않는다. 내가 해주는 것에 비해 선자가 나에게 해주는 것이 더 많았다. 나를 더 배려해주었으며 늘 나의 편인 사람이었다. 입이 무거워서 말이 샐까 걱정이 안 되었기 때문에 스트레스 받고 힘들었던 이야기를 하며 위로를 받기도 했다. 그녀는 나의 투정 어린 이야기를 잘 들어주었다.

이런 그녀가 며칠 발길이 뜸하면 기다려졌다. 아는 사람도 없을 텐데 어디가 아픈 것은 아닐까 걱정도 되어서 신경 쓰여 안부를 물었다. 비가 오거나 날씨가 안 좋으면 그녀는 외출을 못 한다고 했다. 얼마나 갑갑할까 하는 생각이 들었다. 활동이 자유로운 우리는 하다못해 발목만 삐끗해도 한동안 정말 불편해하면서 지낸다. 그녀가 이렇게 씩씩하게 되기까지의 시간은 결코 쉽지 않았을 것이다. 그녀를 보면서 '비록 몸은 장애가 있지만 정신은 그 누구보다 건강하다'는 것을 느꼈다. 장사를 하면서 신체는 건강하지만 오히려 정신적으로 장애가 있는 것처럼 보이는 사람들을 더러 보았다.

   가게에 손님이 없을 때는 나 혼자서 무언가를 하기도 하고 여유 있게 책을 읽고 싶을 때도 있다. 손님들은 좀 친해지고 나면 가게에 혼자 있는 나와 함께 계속 있으면서 같이 대화하기를 원했다. 아마도 혼자 무료하거나 심심할 거라 생각했나 보다. 하지만 나는 혼자서도 잘 노는 사람이다. 그리고 구멍가게지만 혼자 있을 때 해야 하는 일들도 많았다. 가게라는 곳은 늘 사람이 드나드는 곳이기에 열려 있는 공간이어야 한다. 손님이 언제든지 올 수 있도록 내 마음도 열려 있어야 한다. 하지만 선자의 휠체어는 공간을 많이 차지해 다른 손님이 한 명만 더 와도 전신거울 보기가 불편했다. 하지만 사람이 얼마나 간사한지 나는 그녀가 옷을 잘 사는 단골손님이라 좋았다.

가게에 자주 머무르다 보니 퇴근 후에 방문하던 동생 둘과도 친해졌다. 그러다가 서로의 생일을 챙겨주기도 했다. 몇 명이 힘을 모아 몸이 자유롭지 못한 그녀를 차에 태우고 집 근처가 아닌 다른 곳으로 식사를 하러 가기도 했으며 날이 좋으면 야외로 꽃구경을 가기도 했다. 그녀에게 봉사한다고 생각한 적은 없었다. 그냥 내 주변에 있는 친한 사람에게 해줄 수 있는 것을 한다고 생각했다. 왠지 그녀에게 내가 보고 느낀 좋은 것을 공유하고 싶은 마음이 들었다. 그녀가 행복해하는 모습을 보면 더불어 내 마음도 흐뭇했다. 선임이와 순이, 함께해준 동생들이 있었기에 가능했다. 함께해서 즐거웠던 지난 추억의 한 장면이다.

선자는 빈손으로 오는 적이 거의 없었다. 늘 간식을 사와 같이 먹었다. 가게에 필요한 것을 눈여겨보았다가 그것을 사오기도 했다. 다리가 건강한 내가 게을러서 미루고 있던 것을 그녀가 챙겨주는 것이었다. 나에게 늘 잘해주는 동생이어서 받은 것이 참 많다. 이렇게 몇 년의 시간이 흘렀다. 선자의 남편은 다시 직장 때문에 올라가고, 선자는 혼자 남았다. 주말 부부가 된 이후에는 주로 저녁 시간에 가게로 오는 날이 잦아졌다. 내가 늦게까지 상가에 혼자 남아 있는 것이 신경 쓰인다고, 같이 퇴근할 때도 많았다. 가끔은 나 혼자의 시간을 갖고 싶을 때도 있었지만, 그녀가 불편한 몸 때문이라고 오해할까 봐 말을 못 했다. 무엇보다 그녀가 나를 많이 생각해주는 것을 알기에 상처받을 수도 있는 말을 할 수가 없었다

7년 동안 머물렀던 상가 안에서 이사를 나오던 날이었다.

언니~ 짐을 뺀 슈가를 보고 돌아오는데 가슴이 뭉클하더라고요. 이사 와서 처음으로 알게 된 슈가의 공간. 그곳에서 많은 사람을 만나며 즐겁고 행복했는데. 또 다른 슈가에서도 언니의 좋은 기운을 모두에게 나누며 행복한 시간을 만들어주세요. 이전처럼 자주 뵙지 못해도 늘 언니가 그립고 보고 싶을 거예요. 오픈 때까지 체력 분배 잘하시고 오픈한 슈가에서 뵐게요.

이날도 그녀는 어딘가로 외출을 나왔다가 비어 있는 우리 가게를 지나갔을 것이다. 그녀가 보내온 문자를 받고 나 역시 가슴이 뭉클했다. 선자는 가게 이전 선물로 스팀

다리미를 배달시켰다. 마침 다리미가 고장 나 이사하면 사려고 버티고 있었던 터였다. 그녀의 집에서 꽤 먼 곳으로 이사를 왔지만 휠체어를 타고 이곳까지 벌써 몇 번을 방문해주었다. 올 때는 언제 샀는지 제과점에 들러서 내가 좋아하는 찹쌀떡이나 브라우니, 마카롱 등을 잊지 않고 사온다. 휠체어 뒤에 걸고 다니는 장바구니에 무언가 가득 담아서 찾아오는 것이다.

'내가 뭐라고 이 먼 곳까지.' 이전 가게보다 공간이 넓어 편하게 앉아 있을 수는 있지만 돌아갈 길이 너무 멀었다. 돌아갈 때는 교통약자 콜택시를 불러서 가기도 했다. 날씨기 좋을 때는 제법 먼 길을 휠체어를 밀며 가기도 했는데, 돌아가는 모습을 보고 있으면 그 먼 곳을 어떻게 다시 돌아가나 마음이 짠했다. 뒷모습을 보면서, 이전의 좁은 가게에서 내가 마음속으로 불편해했던 것들이 미안해졌다.

지금은 선자가 예전에 내가 있던 상가 안 새로운 옷 가게의 단골이 되었다는 소식을 들었다. 새로운 인연과 또 한 시절 잘 보내기를 바란다.

2. 그녀들의 이름을 하나씩 불러주는 일

#1

"언니, 괜찮아예. 옷 오면 연락 주이소. 다시 오면 되지
예."

"어쩔 수 없지 예."

"언니, 계산 단디 했어예? 또 적게 받으모 안 되지예. 다
시 해보세요."

화정 씨는 말에서 꿀이 뚝뚝 떨어진다. 내가 주문을 잘
못해 다른 물건이 와서 헛걸음을 할 때도 웃으면서 돌아간
다. 계산을 잘못해서 실수할 때도 특유의 미소를 지으면
서 꿀 묻은 목소리로 괜찮다고 해준다. 빈말이 아니라 정
말 괜찮다고 나를 이해해주는 것이 느껴진다. 목소리 톤도
부드럽다. 모난 구석이 느껴지지 않는 말과 행동을 한다.
그녀의 언니도 같이 오는데 성향은 조금 다르지만 인품은
닮았다. 나는 화정 씨의 꿀 묻은 말투를 닮고 싶었다. 화정
씨는 더 깎아달라거나 옷에 부정적인 말을 한 적도 없다.
이런 손님에게는 마음이 더 기울어질 수밖에 없다.

#2

    옷값을 카드로 계산하게 되어서 할인을 안 해줘도 된다고 미리 말하는 복덕 님. 그녀는 나에게 늘 좋은 옷을 잘 골라주고 코디를 잘 해줘서 고맙다고 말한다. 우리 가게를 알고부터 스타일이 조금씩 변했고, 지금은 젊고 세련된 이미지가 되어 기분이 좋다고 말한다. 이제는 내가 코디해주고 권해주는 스타일로 입게 되어서 중독이 된 듯하단다. 주변에서도 스타일이 좋아졌고 젊어 보인다고 자주 말해서 기분이 좋다고 한다. 무엇보다 편하고 마음에 든다고 한다. 나 역시 손님들에게 이런 이야기를 들으면 더 힘이 나고 더 잘해야겠다는 생각이 든다.

    나이 50을 넘긴 손님들은 대부분 온라인 쇼핑은 하지 않는다. 나와 같이 어떤 옷을 입을 것인가에 대해 고민한다. 나 또한 조금이라도 젊어 보이면서 나이에 맞는, 적절하게 얌전하고 세련된 옷을 입혀주려고 한다. 나 역시 같이 만족할 때 뿌듯하니까. 복덕 님은 우리 가게에서 조금 멀리 이사를 갔지만 여전히 시간을 내서 주기적으로 쇼핑을 온다. 더 멀리 이사 가지 않고 우리 가게의 골수단골로 오래 만나면 좋겠다. 나는 선한 사람이 좋다. 내 주변에 있는 선한 기운을 가진 사람 중 한 분이다. 자주 보지는 못하지만 대화를 나누다 보면 나도 선한 기운을 받게 된다.

#3

여자들은 아내가 되고 엄마가 된 후에는 자신의 이름을 불러주는 이가 점점 줄어든다. 병원에 진료를 받으러 갈 때에나 내 이름을 들을 수 있다. 그래서 나는 우리 손님들에게 최대한 이름을 불러주고 싶었다. 아이들이 어릴 때부터 다녔던 엄마들에게는 '누구 엄마'라는 호칭을 자주 불렀지만, 이름을 알게 되면서 웬만하면 이름을 불러주려고 했다.

손님들 이름을 휴대폰에 입력해두었지만 특징이 없으면 이름을 몰라서 연락처를 찾을 수가 없는 경우가 생긴다. 이름을 익힌 후에는 문제없지만, 저장만 해놓고 '그 사람 이름이 뭐더라?' 고민하는 경우가 더러 있다. 그래서 이름을 정확히 익히고 기억하기 전에는 번호를 저장할 때 나만이 아는 암호처럼 손님들의 특징을 같이 입력했다. 예를 들면 '키 작은 커트머리', '레이스 머리핀', '배기 청바지 손님', '스키니 손님', '피아노 선생님', '어린이집 쌤', '미용실 원장님' 등. '누구 엄마'라고 해놓은 경우가 제법 많았다.

같은 이름을 가진 사람도 더러 있다. 내 이름 '은미'처럼 '정미'라는 이름을 가진 손님들은 성도 같아서 이름 뒤에 1, 2를 붙였다. '은정'이라는 이름도 많은 편이다. 여동생 이름이 은정이어서 그런지 손님들 이름이 은정이면 다들 동생 같았다. 실제로 나보다 나이가 많은 은정이가 아직은 없다.

카카오톡이 생기고 나서 전화번호를 저장하면 각자의 프로필을 볼 수 있게 되어 한층 편해졌다. 얼굴 사진이나 누구인지 알아볼 수 있는 사진이 있으면 구분하기가 쉬워졌다. 그래서 특징을 적어서 저장했던 것을 차츰 이름으로 바꿔나갔다.

9년째 장사를 하면서 필요할 때마다 입력을 했더니 지금은 연락처에 기억도 안 나는 손님들의 이름과 번호가 너무 많다. 지워지는 이름은 없고 계속 늘어만 가고 있다. 잘 모르는 사람들은 삭제를 해야 하는데 그것 또한 시간이 많이 걸리는 일일 것이다.

스마트폰으로 사는 세상, 편리함을 더 많이 추구하게 되었지만 알지도 못하는 사람들이 카카오톡에 너무 많이 있는 것이 가끔 버거울 때가 있다.

#4

나에게 오는 사람들은 누구나 소중하다. S는 '언니'라고 부르며 늘 환하게 미소를 띠면서 들어온다. 그 모습만으로도 저절로 기분이 좋아진다. 우리 집 옷 스타일이 대체로 무난하고 평범한 디자인이 많고, 내가 거의 청바지만 입다 보니 청바지 종류가 많아서 시작된 인연들이 많았다. S 역시 무난한 옷을 좋아하고 청바지를 즐겨 입다 보니 우리 가게와 코드가 맞았을 것이다. 치킨 집을 하는 S는 가끔 기름 냄새가 배어 있지만 나는 싫지 않았다. 그녀는 기름 냄새가 밸까 봐 나보다 더 신경을 쓰는 매너 있는 손님이기에 좋아할 수밖에 없었다. 그래서 지금까지 꾸준히 오는 단골손님이 되었다. 단골손님들은 이렇듯 선하고 매너 있는 손님들이 대부분이다.

#5

예전 가게 근처에 사는 분들 중 삼삼오오 함께 오는 이웃들이 있는데 그들도 언제나 같은 모습이다. 다 같이 차 한 대로 우리 가게를 들렀다가 가신다. 자매들이 함께 오는 팀도 몇 팀이 있다. 우리 자매는 지나치게 닮아서 사람들이 헷갈린다는데, 손님들은 자매끼리 정말 다르게 생긴 분들이 많다. 그래서 자매가 아닌 듯이 보이기도 했지만 성품은 비슷하다고 느껴진다. 성품이 닮은꼴인 자매 손님들은 옷을 고를 때도 비슷하며 서로에게 부정적인 것보다 좋은 면을 봐주려고 한다. '예쁘다', '어울린다'라는 말도 잘해준다. 오히려 친구나 지인과 함께 오면 부정적인 반응을 보이며 손님이 옷을 고르는 것에 혼선을 주는 사람들이 간혹 있었다.

자매끼리 오면 우리 자매가 그랬던 것처럼 옷을 고를 때 잘 봐주기 때문에 누구보다 편하고 좋은 쇼핑 친구가 되는 것 같다. 언니가 옷값을 계산하거나 동생이 옷값을 내면 더없이 훈훈하다. 친정엄마까지 모시고 모녀지간이 오는 모습은 내가 시어머님이나 친정엄마와 해보지 못했던 일이라 늘 부러운 광경이다.

"어머님 연세가 어떻게 되세요?"

습관처럼 묻는 말이다. 엄마나 시어머님이 살아계신다면 이 정도 될까? 하는 생각에서 나이를 물어보게 된 것 같다.

'두 어머님이 살아계신다면 계절마다 예쁜 옷을 젊어 보이게 입혀드릴 텐데.' 언제나 이런 마음이 든다. 두 분의 어머님들도 옷을 참 좋아하셨는데….

3. 옷을 볼 때마다 그대들이 떠올라요

#1

　겨울만 되면 기침을 자주 하는 내게 본인이 먹을 도라지 정과를 만들어서 나누어주던 임선 씨. 나와 나이도 비슷해 때론 친구 같기도 하지만 우리는 아직 서로에게 존칭을 사용한다. 임선 씨는 늘 바쁘지만 그 와중에도 짬을 내서 들른다. 얼마나 바쁘게 사는지 너무 힘들 때는 링거를 맞으며 버티는 모습도 보았다. 아슬아슬하고 불안할 때가 많았다. 일이 힘들다 보니 자주 아픈 그녀지만 어떤 날은 책 선물을 해주고 또 어떤 날은 우거지찜을 맛나게 만들어서 나누어준다. 강원도에서 가져온 옥수수를 찐 뒤에 알을 다 발라 냉동해서 밥 해 먹을 때마다 넣어 먹으라고 챙겨주기도 하고, 몸에 좋은 건강한 재료들로 만든 미숫가루를 아낌없이 주기도 했다. 이런 정성에 비하면 내가 해줄 수 있는 것은 미약하다고 느껴질 때가 많았다. 옷을 좋아하는 그녀는 예쁜 색상의 옷을 특히 좋아한다. 가게에 신상이 준비되면 일단 색상이 눈에 들어오는 옷부터 고른다. 그녀의 취향을 잘 알기에 예쁜 핑크색이나 화사한 노란색 같은, 그녀가 좋아하는 색상의 옷을 보면 꼭 생각난다. '이 옷은 딱 임선씨 옷인데 언제 오실까?' 은근 기다리게 된다. 그러다 보면 어느 날 내가 생각했던 그 옷을 어김없이 집어간다. 그녀가 어떤 옷을 좋아하는지 잘 알기 때문이다. 옷이 정말 많다는 것도 안다. 어떤 때는 옷을 사는 것으로 스트레스를 푸는 것 같기도 했다. 하지만 일 때문에 시간이 없는 그녀에게 옷이 유일한 즐거움이 아닐까? 하는 생각도 들었다.

우리 가게에 단골로 오는 손님들은 자신의 직업을 가지고 바쁘게 생활하는 손님이 많다. 그래서 더욱더 다른 곳을 못 가고 꾸준히 우리 가게만 오는지도 모른다. 단순히 옷만 판다는 생각은 오래전부터도 하지 않았다. 비슷한 또래의 그녀들이기에 같이 나이 들어가면서 서로의 건강과 안부를 물으며 지내게 되었다.

#2

이 일을 오래 하다 보니 이사를 한 손님들도 있다. 벌써 몇 년 전 김해로 이사 간 후정 씨는 가게 오픈 때부터 단골이었으며, 지금은 택배로 물건을 받는다. 가끔 쉬는 날에는 택시를 타고 오기도 한다. 운전을 못하기 때문이다. 그래서 나는 옷값을 계산할 때 택시비를 빼주기도 했다.

"언니, 다른 가게에서는 아예 옷을 못 사 입겠어요."

"도저히 옷을 고를 수가 없어요."

"내 스타일의 옷 가게를 찾지 못했어요."

후정 씨 역시 일을 하는 사람이라 밤에 카카오톡으로 옷에 대한 문의를 한다. 사이즈, 가격 등등. 밤 12시에 상담을 할 때도 있다. 그래도 본인에게 잘 맞는 옷을 골라주는 것이 나의 일이기에 직접 오지 못하는 후정 씨를 위해 열심히 골라준다. 그럴 때면 그녀의 전문 코디네이터 같은 기분이 들 때도 있다. 과연 어느 쇼핑몰에서 이렇게 일일이 상담을 해주고 치수를 알아주고 골라줄까? 그녀의 옷 입는 스타일과 치수를 잘 알기에 그만큼 편하게 질문하고 주문하는 것이겠지. 나 역시 한밤중이어도 카카오톡을 주고받는다. 초창기에는 마른 편이었던 그녀 역시 조금씩 살이 찌기 시작하여 바지 사이즈가 늘었다. 내가 그녀의 몸매 역사를 알고 있기에 나에게 그녀의 옷에 대한 것을 거의 다 맡긴다.

#3

"언니, 양산에는 옷 가게가 많아도 제가 사 입을 만한 옷 가게가 없어요."

양산 신도시로 이사 간 진희 씨는 그곳에도 옷 가게가 많은데 꼭 우리 가게까지 일부러 온다. 스토리를 열심히 봐 두었다가 궁금한 것은 카카오톡으로 문의한다.

"언니 이거 나한테 맞겠어요?"

"응, 이거 잘 맞을 거야."

"안 뚱뚱해 보이겠죠?"

"아마도 그럴 것 같아. 하하."

옷을 보면 맞을지 안 맞을지 그리고 그녀가 마음에 들어 할지 어떨지 대충 감이 온다. 어언 9년째 몸을 보아왔고 옷을 얼마나 많이 입혀봤는데, 그 정도의 감은 잡아야 한다. 언제 올 테니 옷을 챙겨두라고 약속을 한다. 일을 하는 그녀지만 양산에서 우리 가게까지 대략 1시간 거리를 날려온다. 늘 바쁘게 옷을 고르고 얼른 입어본 뒤에 또 바삐 돌아간다. 오랫동안 보아왔지만 진희 씨와는 한번도 차분히 앉아서 차 마시며 이야기를 나눠보지 못했다. 옷을 입어보며 탈의실에서 또는 거울 앞에서 필요한 말을 다 한다. 잠시 앉을 틈도 없이 본인의 목적을 달성하면 황급히 돌아간다. 순전히 옷 때문에 1시간 이상 걸리는 우리 가게를 오는 것이다.

#4

사천에서 우리 가게를 주기적으로 방문해주는 J씨는 버

스를 몇 번씩 갈아타고 오는데 그 정성이 보통이 아니다. 어떤 날에는 사천에서부터 도시락과 간식을 챙겨 오기도 한다. 오는 것만으로도 너무나 고마운데 선물을 준비해오는 센스가 보통이 아니다. 가게에서 한참 이야기도 나누고 옷도 고르고 실컷 놀다가 버스 시간을 맞추어 돌아간다. 꼭 옷만을 사기 위해서 이곳까지 시외버스를 갈아타며 오지는 못할 것이다. J씨는 소풍 오듯이 우리 가게에 온다고 했다. 덤으로 옷 구경도 하고 긴 시간 나와 밀린 이야기를 나누며 간식을 먹고 저녁이 되기 전에 버스 시간에 맞추어서 돌아간다. 참으로 먼 길이다. 버스를 여러 번 갈아타야 하는 일도 번거로울 텐데 이런 그녀들에게 어찌 내가 소홀할 수가 있겠는가. 그녀는 일주일 전부터 미리 약속을 하고 우리 가게에 올 날을 마치 여행이나 소풍날처럼 기다린다. 그녀가 와 있는 날 하필 다른 손님들이 많이 와서 신경을 써주지 못하는 날에는 내 마음도 편치가 않다. 그녀가 오는 날은 손님들이 덜 왔으면 좋겠다는 생각까지 든다. 관계가 이렇게 인연으로 이어지면 옷은 좋은 핑계가 된다.

#5

진례로 이사 간 경옥 씨 역시 운전을 잘 못해 버스를 타고 온다. 늘 한결같은 미소로 '은미 씨' 하고 부르면서 들어

온다. 일 년에 몇 번 보지 못하지만 자주 보아온 사람처럼 편하고 반갑고 고맙다. 우리 가게가 이전하기 전에는 시외버스에서 내리면 걸어서 올 수 있었는데, 지금은 시외버스를 타고 내린 다음 다시 여기까지 택시를 타고 온다. 진례가 장유에서 먼 곳은 아니지만 자가운전이 안 되는 사람이 오기에는 큰마음을 먹어야만 가능하다. 게다가 경옥 씨 역시 일을 하는 사람이라 시간 내기가 쉽지 않다. 가끔 남편과 볼일을 보러 나왔다가 우리 가게에 들르기도 한다. 그렇게라도 오지 않으면 날 잡아서 버스를 타고 택시를 타고 우리 가게로 와야 하니. 정말 뜸하게 오지만 평소에 자주 연락을 주고받으며 지내는 동네 친구 같은 사람이다.

#6

가끔 교환을 하게 될 경우 바로 다음 날 가져오면서도 미안하다고 말하는 경숙 씨. 그리고 교환할 옷은 언제나 먼저 갖다주는 지연 씨. "일찍 갖다줘야 언니도 옷을 판매하죠"라고 말해줄 때 정말 고마웠다. 일일이 이름을 다 나열하지 못하고 고마운 일들을 적지 못해 나머지 손님들에게 미안해진다. 혹시 '나는 아무것도 안 줘서 언니가 언급을 안 했나?' 하는 마음은 가지지 않기를. 나는 늘 인덕이 많다고 생각하면서 살고 있으니.

제4장 _____ 고객님 고객님 나의 고객님

4. '슈가'에서는 당신이 주인공입니다

#1

우리 가게에서 커피 한잔 마시면서 잠깐 시간을 보내고 가는 것이 좋고 또 고맙다고 캡슐 커피를 주기적으로 사주는 수경 선생님은 학원 선생님이다. 처음 우리 가게를 방문했을 때 선생님은 온통 그레이 톤의 옷만 입고 있었다. 바지는 늘 헐렁하고 벙벙한 아줌마 스타일이었다. 편해서 그렇다는 걸 잘 알지만 나와 또래이며 체구도 아담한 선생님의 스타일을 조금만 바꾸면 훨씬 밝고 젊어 보일 수 있을 것 같았다. 초등학생부터 중고등학생까지 가르치기 때문에 아이들은 선생님의 옷차림이나 나이 등에 관심이 많았고, 그래서 옷차림에 더 신경이 쓰일 때도 있다고 했다. 매일 만나는 아이들은 아직 어린 학생들이니 아무래도 엄마 나이대 정도로는 보여야 하지 않을까? 아니, 더 젊고 세련되게 보여야 한다고 생각했다. 옛날에는 선생님이라고 하면 권위적이고 위엄과 지성을 갖춘 것처럼 보여야 했다면, 요즘은 시대가 변해서 학생들과 소통이 잘되고 시대에 뒤처지지 않게 세련되게 보여야 인기도 있고 학생들도 잘 따른다. 엄마처럼 편안한데 아줌마 같은 촌스러운 분위기는 없는 그런 선생님. 아이들은 나이 많은 선생님에게 반장난으로 '아줌마'라고 부른다는 말을 들었다.

나는 "한 치수 작은 거 입으셔도 남아요. 입다 보면 늘어나서 커져요"라고 했지만, 선생님은 "안 돼요. 저는 붙는 거 싫어요. 이것도 붙어서 안 돼요"라고 고집을 부렸다. 매번 내가 졌다.

옷을 입혀보면 내가 더 전문가인데 바꾸기가 쉽지 않았다. 내 말을 한 번만 들어주면 좋으련만 여간 먹히지 않았다. 하지만 오랜 세월 우리 가게를 들르면서 선생님은 조금씩 틀을 깨기 시작했다. 조금씩 옷 색상부터 변화를 주었다. 검정이나 회색을 핑크와 와인색 등으로 조금씩 물들였다. 눈에 익숙해지기 시작하니 색을 보는 것 같았다. 학원에서 아이들이 "선생님, 예뻐요"라고 했다면서 좋아했던 때가 생각난다. 선생님의 옷에 관심을 보이고 예쁜 옷을 입었다고 말해준 것이다. 드디어 선생님은 변화를 겁내지 않고 옷 가게 사장님의 추천 옷을 입어보기 시작했다. 몇 년의 세월이 지난 지금도 가끔 초창기에 나를 만났을 때의 이야기를 주고받으면서 웃는다.

"옛날보다 지금이 훨씬 세련되고 더 젊어 보인다고 해요."

"그때는 내가 왜 자꾸 뚱뚱하다고 생각했는지. 그래서 어두운 색의 옷만 입었어요."

그때의 이야기를 하면서 웃을 수 있는 것도 추억이 되었기 때문일 것이다. 선생님은 마음에 드는 옷이 있으면 같은 옷 같은 색상을 몇 벌씩 산다. 바지도 똑같은 바지를 두 벌은 기본이고 네 벌 이상 산 적도 있었다.

선생님은 몇 년 전 양산으로 이사를 갔지만 직장이 장유에 있어서 학원 출근하기 전에 가끔 들러 커피를 마시며 쉬었다가 출근을 하곤 했다. 커피와 간단한 간식을 함께 내면 오후 수업 들어가기 전에 힐링이 된다고 했다. 그도 그럴 것이 오후에 출근해 밤까지 수업을 하고 다시 양산 집까지 돌아가야 했기 때문이다. 그래서 우리 가게에 들를 시간은 출근하기 전 아주 잠깐뿐이었다. 그 짧은 시간에 옷 구경을 하고 커피와 간식을 먹기도 하고 나와 이야기를 나누기도 했다. 이야기를 나누다 보면 어느새 출근시간이 된다.

"은미 씨, 가봐야겠어요. 날씨도 너무 좋고, 이렇게 이야기 나누고 있으니 그냥 이대로 계속 있고 싶네요."

"그러게요 쌤. 언제 여유 있을 때 식사라도 같이 할 수 있으면 좋겠어요."

밤까지 수업이 이어지니 저녁도 중간중간 쉬는 시간에 대충 간식으로 때운다고 했다. 가게에 늘 준비되어 있는 간식을 급히 챙겨 선생님에게 쥐어준다.

"중간에 출출할 때 먹으면 꿀맛일 거예요."

그렇게 한 손에 간식을 들고 그녀는 출근길을 재촉한다. 그 모습을 본 것이 벌써 수년째다.

#2

옷 가게를 하고 나서 우리 가게의 모델이 된 것은 친구 정숙이다. 정숙이는 내가 옷 가게를 시작한 후로 옷 입는 스타일도 '슈가 스타일'로 변했다. 그 전에 입던 스타일보다 세련되어졌고 우리 집 옷도 잘 어울려서 기분이 좋았다. 정숙이가 좋아하는 옷이 어떤 것인지를 잘 알고, 어떤 옷을 입었을 때 예쁜지도 잘 알기에 신상을 들여올 때면 정숙이가 떠오르는 옷들이 많다. 여유만 된다면 이것저것 다 입혀보고 싶다. 그만큼 정숙이는 우리 집 옷이 잘 받는다. 하지만 예쁜 신상이 많이 들어올 때마다 걱정도 된다. 마음에 드는 옷은 많지만 다 살 수가 없기 때문이다. 신상 구경을 오면 본인이 좋아하는 스타일의 옷을 잘도 찾아내서 입어볼 만큼 정숙이도 감각이 있다.

"야, 이래 다 잘 어울리면 우짜노? 이거는 얼마 하노?"

"다 사 입고 싶은데 우째야 되노?"

"이것도 예쁘네."

"이것도 딱 내 옷인데."

솔직한 성격의 정숙이는 새 옷을 입어보면서 거울 속 자신의 모습을 보며 기분 좋아하고 행복해한다. 나도 내가 고른 옷을 입어보고 행복해하는 친구를 보면서 같이 행복해지고 보람도 느낀다. 속으로 본인이 입은 옷이 잘 어울리고 예쁘다고 생각하면서도, 다른 사람들 앞에서는 겉으로 아니라면서 지나치게 겸손 떠는 성격보다 그냥 솔직하게 "나한테 좀 잘 어울리제?", "역시 나는 옷발이 좋아"라고 말하는 사람이 좋다. 나 역시 그런 성향이 다분해서 어떤 때는 '으이그, 병이 깊다', '좀 그만해라'는 저지를 받을 때도 있었다. 하지만 우리는 아무 앞에서나 그런 말을 하지 않는다. 친구 앞이니까 좀 재수 없을 것 같은 말도 웃으면서 할 수 있는 것이다. 우리끼리 종종 서로 잘났다고 예쁘다고 해주기도 한다. 남자들이 보면 어이없어 웃을 수도 있다. '여자들은 정말 예뻐서 예쁘다고 하는 것이냐'고 묻는 사람도 있었다. 자신들이 볼 때 별로 안 예쁜데 서로 예쁘다고 한다면서.

그나마 아직은 몸매가 봐줄 만한 정숙이는 오랫동안 우리 집 단골 모델이 될 것 같다. 누구보다 우리 집 옷을 좋아하며 우리 옷 가게 단골이니. 부디 지금처럼 몸매와 미모를 잘 유지해나가기를. 정숙이는 장유로 이사 와서 만난 유일한 동네 친구이기도 하다. 어린 시절 친구들은 마산이나 창원에 살며 일을 하고 있어서, 우리 가게까지 옷을 사 입으러 오지 못한다.

친구가 옷 가게를 하면 그 집 단골이 될 것 같지만 그렇지도 않다. 친구들을 상대로 장사를 했다면 이렇게 오랫동안 못 했을 것 같다는 생각도 했다. 인정에 이끌려 팔아줘야 한다는 생각으로 친구들이 우리 가게를 왔다면 나의 옷 가게가 이만큼 자리를 잡지도 못했을 것이다. 스타일이 안 맞는데 친구 가게여서 마지못해 구매하게 된다면 부담감 때문에 오히려 관계도 불편해질 수 있을 것이다. 그래서 옷 가게를 하고 있어도 지인들에게 우리 가게에 옷 사러 오라는 말을 하지 않았다.

지인이 아닌 모르는 손님들에게 인정을 받았고, 그 손님들 덕분에 유지되는 가게이기에 작지만 성공이라고 생각했다. 지금껏 그 손님들 덕분에 이어져오는 옷 가게다. 어떤 때는 친구들이 자주 와서 매출을 올려주면 참 좋겠다는 생각도 해봤지만, 장사와 친구들과의 관계를 분리해야 친구도 그대로 유지될 것이고, 지인에게 의존하지 않으면서 스스로 매출을 끌고 나갈 수 있어야 한다고 생각한다.

5. 나의 '좌청룡 우백호', 선임이와 순이

옷 가게를 하면서 알게 된 순이와 선임이는 누구보다 우선하는 사람들이다. 두 사람도 원래 서로 모르는 사이였다. 둘 다 퇴근 후에 들르다가 자주 마주치면서 말을 트고 친해졌다. 내가 그 두 사람과 친해지는 데 시간이 걸린 만큼 그녀들도 서로 친해지기까지 시간이 걸렸다. 순이와 선임이는 손님들 중에 내가 처음으로 마음을 열고 다가간 사람이다. 과묵하고 조용한 성격의 두 사람은 속이 깊고 늘 한결같아서 더 친해지고 싶은 친구들이었다. 그녀들이 아주 부자이거나 직업이 대단해서 다가갔던 것이 아니라 그녀들의 인간적이고 사람을 대하는 따뜻한 마음 때문에 내 마음도 열게 된 것이다. 이렇게 우리는 특별한 인연으로 발전하여 내가 옷 가게를 안 하더라도 좋은 인연으로 꾸준하게 만나는 사이가 되었다.

선임이는 이전 주인인 순미가 있을 때부터 손님이었다. 주인이 바뀌었어도 우리 가게를 꾸준히 다니면서 '슈가'의 단골이 되었다. 아직 미혼인 선임이는 막내 역할을 잘해준다. 차분하고 조용한 말투와 행동으로 묵묵히 나를 도와주는 후견인 같은 동생이다. 순이 역시 차분하고 속이 깊어서 동생임에도 배울 점이 참 많다. 그리고 지금까지 내가 본 옷 수선사 중에서 단연 일등이다. 수선할 옷은 거의 없지만, 간혹 어려운 주문은 순이한테 맡긴다. 그럴 때마다 깔끔하고 티 안 나게 만드는 솜씨가 아주 예술이다. 볼 때마다 감동한다. 우리 가게에 오는 손님들에게 자랑하고 연결해주면 대부분 만족해했다. 수선하는 방법에 대해 몰랐던 것들을 알게 되면서 그런 정보들을 손님들에게도 알려주기도 하고, 손님들의 수선할 옷을 받아서 순이에게 맡기기도 한다. 손재주가 아까운 사람이다. 이런 두 동생이 있다는 것만으로도 든든하다. 늘 덜렁대고 실수투성이인 나에게 두 동생은 '좌청룡 우백호'에 비유되는 인연이다.

손님이 뜸해진 저녁 시간이면 좁은 가게에서 이야기꽃을 피웠다. 저녁 식사를 간단히 하고 옷을 편하게 입어보면서 패션쇼를 했다. 마치 내가 순미네 가게에서 편하게 놀았던 것처럼 그녀들도 우리 가게에서 저녁 시간을 즐겼다. 그러다가 그녀들도 선자를 만나게 되었고 비좁은 가게에서 늦은 저녁 시간에 우리만의 시간을 종종 가졌다.

새 가게로 이전하게 되었을 때 선임이와 순이는 누구보

다 기뻐하고 축하해주었다.

"언니, 우리가 도와줄 건 없어요?"

"힘쓸 거 있으면 얘기해요."

먼저 물어주어서 고마웠다.

다른 사람들에게 선뜻 도와달라고 말을 잘 못하는 성격인데 먼저 손을 내밀어주니 마음이 든든했다. 둘은 일요일 하루 시간을 내서 짐 옮기는 것을 거들어주었다. 선임이는 집에 있는 화분을 차로 싣고 가서 식물을 종류별로 심어왔다. 이전 개업 선물이었다. 테라스에 초록이들이 줄을 서서 '슈가뜰'이 되었다. 순이는 가게가 넓어졌으니 때 거르지 말고 식사도 잘 하라고 전자레인지를 사 들고 왔다. 가게에 냉장고도 있었는데 전자레인지까지 들어오니 밥 굶을 일은 없을 것 같았다. 가게를 이전한 후에는 함께할 수 있는 시간도 많아졌고 공간도 좋아졌기 때문에 더욱더 돈독해졌다. 함께 영화를 보러 다니고 같이 밥을 먹고 여행도 다닐 만큼 언니, 동생으로 가까워졌다. 하지만 '슈가'라는 공간이 없다면 지금만큼 편하고 자유롭게 자주 만나기는 힘들 것이다. 여기는 일부러 약속하지 않더라도 언제든지 만날 수 있기 때문이다.

선임이는 아직 미혼인데 선임이 아버님과 어머님은 순

이와 나에게도 꼭 무엇이든 나누어주신다. 봄이면 아버님이 직접 뜯은 쑥으로 쑥떡을 만들어 우리를 꼭 챙겨주신다. 어머님도 만드신 반찬이나 텃밭에서 나온 먹거리를 나누어주신다. 순이는 김장 때마다 김치를 챙겨주고, 가끔 시골에서 날아온 감자며 양파 등도 챙겨준다. 시장에서 사먹어도 되지만 우리 주변에서 이런 정을 받는 것이 훈훈해서 좋다. 순이네 김치는 나보다 남편이 더 좋아하고 잘 먹는다. 이들과 이렇게 친해졌고 서로가 좋은 인연이라고 생각하는 것이 꼭 무엇을 나눠주어서 그런 것은 아니다. 나이가 들수록 잘난 사람보다 좋은 사람이 옆에 있어야 한다고 했다. 이 둘은 무엇을 많이 가져서 나누는 것도 아니며 나한테 아니면 서로에게 잘 보이고 싶어서 나누는 것도 아니다. 그저 우리는 이렇게 무엇이 생기면 주고 싶은 마음이 먼저 생기는 것 같다. 이런 이유로 나와 남편도 무언가 사게 되면 '순이 씨 좀 줘라.' '선임 씨 좀 줘라.' 나 못지않게 그녀들을 챙기게 되었다. 바라는 거 없이 그냥 주고 싶은 마음이 '정(情)'일 것이다.

처음 가게를 시작할 때 옷값을 떼이지 않도록 조심해야 한다는 당부를 여러 번 들었다. 의도적으로 접근하는 사람들이 있으니 필요 이상으로 친절하게 다가오는 사람은 경계하라 했다. 하지만 내가 복이 많은 사람이라 그런지 지금까지 단 한 번도 나에게 나쁜 의도로 접근한 사람은 없었다. 내가 틈을 주지 않았을 수도 있겠지만 내게 온 사람들은 대부분 좋은 이들이었다. 오랜 시간을 지나오면서 인복이 많다고 생각하고 있다. 내게 온 그녀들과 지금 남은 그녀들에게 초심을 잃지 않아야 한다고 스스로 다짐한다. 많은 손님의 이름을 기억하여 다정하게 불러주려고 한다. 내가 그녀들에게 받은 정을 기억한다. 따뜻한 내 마음이 조금이나마 전해지기를.

6. 이모나 사장님보다는 '슈가 언니'

이모. 언제부터인가 음식점이나 마트 등 가게에서 기혼으로 보이는 여자 직원을 부르는 호칭이 '이모'가 되었다. 물건을 하러 서울에 가도 나를 부르는 호칭이 '사장님', '언니', '누나' 그리고 가끔 '이모님'이었다. 연령대가 있어 보이는 상인들에게는 '이모님'이라고 부르는 것이었다. 서울 거래처에서 젊은 사람들에게는 대부분 '언니'라고 불렸는데, 나보다 한참 어려 보이는 직원들과 우리 딸 정도로 보이는 어린 직원들이 나에게 '언니'라고 부를 때는 적응이 어려웠다. 하지만 '이모님'이라고 부르는 것은 듣기 싫었다. 너무 나이 든 것 같은 기분이 들기 때문이다. 몇 년 전부터 나도 가게를 가면 '이모' 또는 '이모님'이라는 호칭을 사용하지 않는다. 모두 '사장님'이라고 부른다.

옷 가게를 가보면 손님들에게도 '언니'라고 부르는 경우가 많다. 나이와 상관없이 '언니'라는 호칭을 썼다. 나는 언니가 없어서인지 나보다 나이가 많아도 언니라는 말이 잘 안 나왔다. 마땅한 호칭을 몰라 손님들에게 그냥 '손님'이라는 호칭을 사용했다. 나이가 나보다 많든 적든 상관없이 누구에게나 통하는 단어였다. 단골들이 생겼지만 호칭은 여전히 '손님'이었다. 그렇게 몇 년을 보내고 손님들의 이름을 알게 되면서 이름 뒤에 '~씨'를 붙여 불러주었다. 한결 가까워지는 느낌이 들었다. 나와 비슷한 연령대의 손님들은 나를 어리게 보아 말을 낮추기도 했지만, 그것은 시간이 해결해주었다. 생각보다 나이가 많은 것을 알게 되면 호칭은 자연스럽게 '언니'로 이어졌으며 간혹 '이모'라고 부르는 손님들도 있었다.

나이 차이가 많이 나는 동생들에게도 꼭 '~씨'라고 부르고 존대를 해주었다. 그 벽을 깨는 데 몇 년이 걸렸다. 나보다 연장자인 손님에게는 '언니'라는 말을 쓰려고 노력했지만 여전히 '손님'이라는 호칭이 더 편했다. 나보다 한참 어린 동생에게도 말을 놓지 못하고 늘 '~씨'라고 부르며 존대를 해주었는데 많이 친해진 다음에 그 동생이 결국 한마디 했다.

"언니, 대체 언제까지 그렇게 부를 겁니꺼?"

"언니는 내랑 친해지기 싫은가 보네요?"

이 말을 들었을 때 비로소 편하게 말할 수 있게 되었다.

"○○ 씨, 말 놓는 게 정말 잘 안 되네. 인자 진짜로 말 편하게 할게요."

이런 식으로 조금씩 거리를 좁혀나갔다. 띠동갑이 훨씬

넘는 동생한테도 말을 쉽게 놓지 못하는데 친하지도 않고 나이도 비슷해 보이는 손님이 말을 낮출 때는 속이 부글부글 끓을 때도 있었다. 그렇지만 참아야 했다. 나중에 친해지고 보니 그 사람의 평소 언어 습관이란 것을 알게 되었다. 나쁜 사람은 아니었지만 나쁜 언어 습관을 가진 사람이었다.

내 나이를 알게 된 또래 손님들은 '은미 씨' 혹은 '사장님'이라 불렀으며 나보다 윗사람들도 그렇게 불러주었다. 함부로 말을 놓는 사람은 없었다. 그리고 가끔 '이모'라고 부르는 손님도 있다. 지금까지도 '이모'라고 부른다. 여전히 적응이 안 되는 호칭이다.

상가 안에서 옷 가게를 할 때는 오며 가며 들르는 손님들이 많았다. 그 상가는 아파트 단지를 주변에 끼고 있어 유동인구가 많은 곳이었다. 그런 이유로 지나가면서 꼭 옷을 사지 않더라도 눈도장, 얼굴도장을 찍고 지나가는 것이다. 손님 없이 혼자 있을 때는 누군가가 와서 '이때다' 싶은 마음으로 자리 잡고 앉아 시댁 이야기, 남편 자랑이나 욕, 때론 자식 자랑을 시시콜콜 늘어놓기도 했다. 낮에 다니는 손님들은 대부분 전업주부다. 아이들이 어느 정도 자라면 우리 가게에서 놀며 옷도 입어보는 것이었다. 시간 보내기에 이만한 곳은 없는 듯했다. 이런 손님들은 대부분 혼자 다녔다. 자신들의 과거와 주변 인물에 대한 정보가 없는 나는 제삼자라 사적인 이야기를 늘어놓기에도 부담이 없는 것 같았다. 사람들의 이야기를 잘 들어주다 보니 자연스럽게 이런저런 이야기를 많이 알게 되었다. 간혹 이웃이나 아이들의 친구 엄마들 모임에서 알고 지내는 사람들 사이에 생긴 마찰에 대한 이야기도 자주 들었다. 혼자 조용히 올 때는 속에 있는 말들이 하고 싶어서 오는 경우가 많았다. 여러 사람의 말을 들어주는 일은 옷을 파는 일보다 훨씬 지치고 힘들다. 하지만 이야기를 나누면서 도움을 얻을 때도 있었다. 상담도 아닌 대화를 하다 보면 나도 치유가 되기도 한다.

40대에는 왜 그렇게 상처도 많았는지…. 주부들 대부분이 40대를 힘들어하는 것 같았다. 아이들도 사춘기며 진학 문제 등으로 힘들 뿐 아니라, 남편과도 긴 시간 함께 살아오면서 지겨워지기도 하고 서로가 변하기를 바라지만 쉽게 변하지 않는 모습을 인정하지 못하기도 한다. 그리고 몸도 아프기 시작하면서 정신적으로도 힘들어지기 시작한다. 나의 40대를 돌아볼 때도 그랬다. 그때는 비슷한 또래의 손님들과 공감하면서 이야기를 주고받고 속내도 보이며 친해져갔다.

어린 시절 우리 집 아래채에 두 가구가 전세를 살고 있었다. 그렇게 한 집에서 살던 사람들이 이사를 나가면 이별이 서운해 울었다. 눈물도 많았고 정도 많았다. 왜 그렇게 이별이 슬펐는지 지금 생각해보면 웃음이 난다. 또래 친구가 있었던 것도 아닌데 매일 보던 사람들이 이사를 나가는 것이 그렇게 서운하고 눈물이 났다. 나의 이런 성격은 어른이 되어서도 변하지 않았다.

장사하면서 알게 된 사람들. 언니, 동생이라 부르던 그녀들과 긴 시간이 지났지만 조금씩 멀어지고 발길도 뜸해지면서 이제는 오지 않는 손님들도 있다. 반대로 새로운 사람들도 오고, 초지일관 꾸준히 오는 손님들도 있다. 이런 사람들 또한 언제 어떤 이유로 떠나게 되고 연락이 끊어질지도 모른다. 나이를 먹다 보니 지금은 그렇게 떠나가고 끊어진 인연에 연연하는 마음이 덜해졌다. 하지만 가깝게 지내던 손님들은 여전히 생각난다. 발길이 뜸해져도 문득문득 생각나 안부를 전하기도 한다. 꼭 우리 가게에 들러달라는 인사는 아니다. 옷을 사러 오라는 말은 더더욱 아니다. 그냥 생각나서 안부를 묻는다.

때론 끈끈한 인연이 되어 좀 남다르게 만나고 있는, 친구 같고 동생 같고 언니 같은 사람들이 있다. 좋은 인연은 너무 애쓰거나 너무 잘 보이려고 하지 않아도 자연스럽게 이어진다. 비록 손님과 옷 가게 주인이지만 손님 한 사람 한 사람이 '돈'이라는 생각으로 대하지는 않았다. 이만큼 자리 잡고 지낼 수 있었던 것도 모두 손님들 덕분이다. 나쁜 사람들보다 좋은 사람들이 더 많았다. 지금은 좋은 사람들만 남아 있다는 생각이 들기도 한다.

언제가 될지는 모르지만 옷 가게를 그만두고 정든 손님들과 이별할 날도 올 것이다. 손님들은 서운해하겠지만 곧 다른 옷 가게를 물색하고 단골이 되겠지. 하지만 지금은 어린 시절의 내가 아니기에 얼마든지 관계를 이어갈 수 있을 것이다. 옷 가게를 떠나도 그녀들에게 '슈가 언니'라고 불릴 수 있지 않을까?

7. 돈을 쫓는 대신 사람을 쫓는다

　장사를 한다는 것은 돈을 버는 것이 목적이다. 돈을 벌기 위해서는 사람이 있어야 한다. 손님이 오기를 기다려야 하는 장사는 어떻게든 가게에 손님들이 찾아오도록 해야 한다. 사람을 끌기 위해 여러 가지 방법을 동원하는 가게들을 많이 본다. 광고를 하고 행사를 하고 세일을 하면서 손님들에게 주기적으로 문자도 보내 '당신을 기억하고 있습니다'라는 메시지를 전하는 것이다. 백화점 매장에서 꾸준하게 그런 문자가 온다. 백화점뿐 아니라 다른 곳에서도 이런 문자들이 많이 오기 때문에 귀찮다고 느껴질 때가 많다. 그래서 대부분 제대로 읽어보지 않는다. 스마트한 세상이지만 사람의 마음을 움직이는 것은 사람이 사람에게 주는 '정성', '감동', '감성' 등이라고 생각한다.

　'어떻게 사람의 마음을 움직일 수 있을까?' '어떤 감동으로 여자들의 감성을 채울 수 있을까?'

　솔직히 이런 고민을 일부러 하지는 않았다. 그럴 만큼 시간 여유가 많지 않았고 머릿속이 한가하지가 않았기 때문이다. 그런 고민할 시간에 옷에 대한 고민을 먼저 했다. 음식을 파는 사람이 광고에 신경 쓰기보다 음식을 잘 만드는 것에 집중하는 것과 마찬가지다. 손님이 오기만을 목 빼고 기다리는 시간에 가게에 걸려 있는 옷이라도 디스플레이를 다시 해보고 여러 가지로 코디를 해보면서 옷과 놀아야 한다. 손님들이 오면 자연스러운 손놀림으로 옷을 찾아주고 코디해주어야 그냥 옷만 파는 사람이 아니라 패션을 아는 사람처럼 느껴질 것이다. 편의점이나 마트가 아니기에 일대일로 밀착해서, 면 티셔츠 하나를 사더라도 색상이나 사이즈를 같이 고민해주고 잘 봐주는 것이 나의 일이다.

우리 가게 단골손님들은 백화점이나 아웃렛 같은 대형 매장에서는 우리 가게처럼 옷을 고를 수 없다는 것을 잘 알고 있다. 가끔 갔다가 실패한 이야기도 한다.

"언니, 주말에 아웃렛 갔다가 얼마나 힘들었는지 몰라요. 다리만 아프고 옷도 잘 못 고르겠고 괜히 고생만 했어요."

"역시 '슈가'에 와야 내 옷을 고를 수가 있다니까."

우리 가게가 없어지면 큰일이라고, 같이 늙어가자고 말하기도 한다. 나로서는 너무나 기분 좋은 칭찬이며 고맙고 책임감까지 느끼게 하는 말이다. 물론 백화점이나 아웃렛, 홈쇼핑 등에서도 옷을 사 입을 수 있다. 가끔 친구들과 다른 옷 가게를 갈 수도 있을 것이다. 그렇지만 손님들 중에는 여기저기 쇼핑 다니는 것이 힘들어서 골수단골이 된 경우도 있다. 주변에 옷 사 입을 곳이 많음에도 본인의 스타일에 맞는 옷을 찾을 수 있고 코디를 잘 해주기 때문에 우리 가게에서 옷을 사 입는 것이 편하다고 말이다. 옷이 예쁘고 질이 좋다고 말하는 그 한 마디에 자부심이 생긴다. 일부러 우리 가게까지 오는 손님들이 고맙다.

　돈을 좇는 것이 아니라 사람을 감동하게 해야 하는 것이 장사라고 생각한다. 나에게 오는 손님들을 다시 가게로 찾아오게 만드는 일은 곧 돈을 버는 일이다. 하지만 손님을 대할 때 '얼마짜리'라는 식의 돈으로 대하지는 않는다. 아무리 돈이 많고 많이 산다고 해도 예의 없는 사람이나 '갑질'을 하려는 사람은 나의 고객이 될 수 없다. 사람들이 착각하는 것은, 장사니까 어쨌든 하나라도 팔아야 한다는 생각이다. 그래서 하나라도 더 팔기 위해 비굴해져야 한다고 생각하는 사람들도 있었다. 비굴하다는 표현이 적절한지는 모르겠지만, 제삼자가 볼 때 당당하지 못한 모습이 비굴한 모습이 아닐까? 우리 집 옷이 마음에 들면 사는 것이지 내가 비굴하게 친절해서 안 살 옷을 산다면 그 손님에게는 계속 비굴해져야 하나. 그러면 또 다른 손님들은 어떻게 해야 하나? 모두에게 비굴해질 수가 없으니 강자에게는 약한 모습으로 굽실거리고 약자에게는 강해지는 차별 대우를 해야 할 것이다. 그랬다면 지금 단골들이 유지되었을까? 내 옷을 좋아해주는 손님들이 찾아오기 때문에 누구에게나 친절하고 공평하게 대해주고 싶다. 하지만 좀 더 각별해진 사이나 나를 편하게 해주는 사람, 나를 정말 신뢰하는 사람들에게는 마음이 더 기울어지는 것은 당연하다. 그 사람이 나보다 돈이 많거나 나보다 권력이 더 세거나 직위가 높다고 해서 차별 대우를 하지는 않는다. 돈이 많다고 해서 옷값을 더 내는 것도 아니다. 그런 사람들이 아닌, 그냥 보통 손님들이 더 필요한 나의 고객님이다. 과소비나 사치가 아닌 필요한 옷을 사기 위해 오는 손님들 말이다.

내가 비굴하게 구는 모습을 친한 단골손님이 본다면 많이 실망할 것이다. 물론 그런 것을 계산해서 행동하진 않는다. 우리 가게에 와서 무례하게 구는 사람이 있을 때는 내 얼굴에서 표가 난다는 것을 단골손님들은 다 안다. 꾸준하게 오는 단골손님들에게 나 역시 한결같아야 한다. 새로운 손님을 잡기 위해 기존 손님에게 소홀해진다면 나에게 실망할 것이다. '원래 내 편이니까 조금 인색해도 이해하겠지?'라는 생각은 정말 싫어한다. 장사하면서 만난 손님, 친구나 가족 등 이미 익숙한 사이라고 해서 순위를 미루는 것은 기분 나쁜 행동이다. 내가 그렇게 순위에서 밀리는 것 또한 마찬가지다.

장사는 단순히 물건을 사고파는 일이 아니라 사람과 사람 사이의 일이다. 믿음이 쌓인 관계에서는 조금 서운한 마음이 들어도 금방 진심을 알 수 있다. 하지만 그런 작은 서운함도 반복되거나 자신이 우선순위에서 밀린다는 생각이 자주 들게 된다면 관계에 금이 간다. 틈이 생기면 신뢰도 무너지기 시작한다. 장사도 인간관계이기에 '의리'란 것이 필요하다. 의리를 중요시하다 보니 계산적이고 약은 행동을 하지 않으려고 노력한다. 물론 가끔은 차별화도 필요하고 여우 같은 면도 필요하다. 그런데 희한하게도 우리 가게 손님들은 나와 비슷한 성향을 가진 분들이 많다. 그래서 내가 여우 짓을 하지 않고 담백해서 단골이 되었으며 오히려 더 믿음이 생겼다고 말한다. 지나치게 친절하고 여우 같은 성격이었다면 또 다른 부류의 손님들이 단골이 되어 있기도 하겠지?

경험상 빨리 친해진 사이가 대부분 쉽게 무너지는 것을 보았다. 양은 냄비처럼 끓었다가 금방 식어버리는 사람들이었다. 그래서 이유 없이 나에게 친절한 사람은 경계했다. 다른 목적이 있는 것은 아닐까 하는 생각도 들었기 때문이다. 이런 생각을 하다 보니 내가 다른 사람을 대할 때도 양은 냄비 같은 관계보다는, 친해지는 데 시간이 걸리더라도 지속적인 관계를 만들고 싶었다.

우리에게 주어진 '부(富)'라는 것도 어쩌면 정해져 있는 것일 수도 있다. 그러니 돈에 욕심을 내고 돈을 좇다 보면 사람을 잃을지도 모른다. 장사는 어쨌든 사람이 있어야 하고 사람이 와야 하는 것이니. 지금 내 옆에 있는 사람을 소중히 생각하고 그 사람들을 놓치지 않도록 정성스럽게 챙겨주자. 비록 작은 마음이라도 진심으로 대해야 한다. 진심은 언제나 통한다고 했다. 사람을 대할 때 초심을 잃지 말자고 스스로에게도 늘 채찍질한다.

사소한 것에 감동하는 것이 사람이다. 그런 사소함을 놓치지 않는 것이 물건 하나를 더 팔기 위해 혈안이 되는 일보다 중요할 것이다. 사람의 마음은 돈으로 살 수가 없는 것이다. 그렇기에 가식적인 말과 행동보다는 진심 어린 마음으로 정성을 다하도록 노력하려 한다.

8. 손님들을 위해서 오늘도 움직입니다

나의 일상은 대부분 가게와 연결되어 있다. 밤늦게까지 주문을 넣고 일을 마무리하고 나면 잠잘 시간을 놓친다. 그러면 금방 잠들지 못해 새벽에야 겨우 잠을 잘 수 있다. 그런 이유로 아침에는 일찍 일어나지 못한다. 나의 하루는 남들보다 늘 늦게 시작되고 늦게 끝난다.

수년째 이어지는 이런 생활 패턴 때문에 건강이 나빠지기도 했다. 평일 저녁 모임은 기피하게 되었다. 꼭 필요한 약속이 아니면 저녁 약속도 거의 만들지 않는다. 다양한 사람들과 친분을 쌓기 위해 여기저기 바쁘게 모임을 만들고 참석하는 것에 대한 욕심이 없다. 내가 꼭 배우고 싶은 것이 있을 때나 취미 생활을 할 때에는 시간을 내서라도 찾아가서 배웠다. 중요한 모임이 있을 때도 마찬가지로 시간을 내어 참석했다. 책임감 때문이었다. 하지만 일을 우선으로 생각하다 보니 모임에 나가서도 머릿속은 온통 옷과 오늘 주문할 물건에 대한 생각들로 가득했다. 이런 이유로 내 일의 특성을 잘 모르는 다른 사람들은 휴대폰을 수시로 들여다보고 문자를 주고받는 나를 오해하기도 했다.

나 역시 이 일을 안 할 때는 이런 특성을 몰랐다. 그러니 다른 사람들이 모르는 것도 당연하다. 대화에 집중하지 못하다 보니 상대방의 말을 놓치고 동참하지 못해 실례가 되기도 했다. 물론 어려운 자리에서는 일을 잠시 미루었지만, 옷에 대한 욕심 때문에 저녁에 주문을 넣어야 하는 일은 늦출 수가 없었다. 성수기에는 주문을 늦게 하면 이미 내가 원하는 물건이 품절되어 며칠을 기다려야 하는 일이 생겼는데, 이것이 싫었다. 한가할 때는 나름 저녁 시간을 즐기면서 보낼 때도 있지만 계절이 바뀔 때는 바쁜 시즌이라서 주문을 미룰 수가 없다. 물론 매일 이렇게 사는 건 아니다. 하지만 그 정도로 내 인생은 일에 대한 비중이 크다.

"멀리서 일부러 왔는데 잘해주세요."
"바지 길이 수선해야 하는데 수선비 빼주세요."
"소매길이도 수선해서 입어야겠어요. 많이 깎아주세요."
"잘해줘야 또 오지."
"첫 구매인데 잘해주세요. 잘해주면 또 올게요."
"계산 좀 잘해주지?"
"그냥 뒷자리 빼면 되겠네. 그래야 또 오지."
"기름값도 안 나오겠다."
"나도 옛날에 옷 장사 해봐서 옷값 많이 남는 거 다 아는

데."

"더 깎아줘도 남잖아."

"백화점 옷보다 비싸노?"

"많이 깎아주면 사고 아니면 안 사고."

"오늘은 카드 계산 하니까 안 깎아주셔도 돼요."

"언니 집 옷은 몇 년을 입어도 괜찮아요."

"티 가격이 처음에는 조금 비싼 것 같지만 입어보면 알게 돼요."

"다른 집 옷은 못 입겠어요."

"멀어도 그 동네에는 나한테 맞는 옷이 없어서 여기까지 와요."

"다른 데서 사 입어봤는데 안 입어지더라고요. 결국 여기까지 와야 해요."

"언니 집은 없어지면 안 돼요."

"나는 백화점 옷보다 '슈가' 옷이 더 좋아요."

"조금 비싼 옷은 비싼 이유가 있더라고요."

이렇게 상반되는 손님들의 성향을 보면 나도 사람인지라 어느 한쪽으로 마음이 기울어진다. 이 글을 읽는 사람들도 알 수 있을 것이다. 나는 어떤 부류의 말을 사용하는 사람일까?

어느 작가의 책 제목처럼 말에도 온도가 있다는 것을 모를 리가 없는데, 사람들은 마음을 움직이는 말의 힘을 잘못 사용하는 경우가 많았다. 시행착오를 겪으면서 지금 우리 가게에 오는 단골손님들은 적어도 어떤 온도의 말을 하고 있으며 나 역시 어떤 온도의 말을 해야 하는지 배워가고 있다. 유난히 말에서 꿀이 뚝뚝 떨어지는 사람이 있다. 도저히 미운 구석을 찾으려야 찾을 수가 없다. 나도 우리 손님들에게 그런 꿀이 떨어지는 말을 하고 싶은데 불편한 내 속을 드러내 보이는 성격 때문에 그리 친절한 옷 가게 주인이 못 될 때가 있었다. 지나고 나면 후회하면서도 잘 고쳐지지 않는 부분이다.

나는 계산이 서툴다. 때문에 가끔 실수를 하고 계산에 착오가 생긴다. 그러나 그것이 고의가 아니란 것을 알기에 손님들은 이해해준다. 이런 작은 옷 가게에서만 그리고 오랜 시간 친구처럼 언니 동생처럼 지내온 사이에서만 가능한 일일 것이다. "언니, 또 계산 잘못하지 말고 잘 받아요." 희한하게도 계산을 잘못한 경우는 대부분 적게 받는 경우여서 얼마나 다행인지 모른다. 백화점이나 대형 매장 등에서 고객과 직원 사이에서는 있을 수 없는 일일 것이다. 옷값을 나중에 받기로 했지만 어떤 때는 기록도 제대로 안

해놓는 경우가 있다. 그럴 때도 손님들이 알아서 챙겨준다. 손님들과 가끔 서로의 기억이 안 맞을 때가 있으므로 반드시 기록을 잘해두어야 한다. 기억은 못 믿으니 기록을 믿는다.

"언니, 제대로 안 적어놔서 못 받는 일도 있겠어요. 잘 좀 적어두세요."

"내가 안 적어놔서 못 받는 것은 손님도 까먹었을 거야."

"기억한다면 내가 잊어버려도 알아서 챙겨주거든."

"내가 안 적어둬서 못 받는 거라면 어차피 나도 기억을 못 하고 있는 것이기에 아깝지 않아."

이 말은 진심이었다. 내가 기억을 못 해서 못 받는 것은 아깝지 않다. 말이 안 되지만 내가 안 좋은 것은 빨리 잊어버리기 때문이다. 그 덕에 정신 건강을 해치지 않고 살고 있다. 안 그러면 아까운 것도 많고 속 쓰릴 것도 많아서 정신 건강에 좋지 않을 게 뻔하니까. 돈에 있어서는 이렇게 단순한데 누군가 내 자존심을 건드리거나 마음에 상처를 주면 잘 잊지 못하고 오랫동안 힘들어한다.

물건을 하나라도 더 팔아야 하는 것이 장사라지만 스스로 당당하지 못하면 손님들 또한 비굴한 주인에게 매력을 느끼지 못할 것이다. 손님들에게 인간미 있고 신뢰감 가는 옷 가게 주인이 되고 싶다. 하지만 무엇이든 억지로, 가식

적으로 하면 안 되는 것 같다. 무언가 살짝 부족한 나는 늘
있는 모습 그대로 보여주는 편이다. 그 모습에 진심이 담
겨 있다는 걸 이 책을 읽고 있을 나의 손님들도 알고 있을
것이다.

9. 진상 손님도 손님…일까?

'진상(進上)'은 본래 '진귀한 물품이나 지방의 특산물을 윗사람에게 바치는 행위'를 의미했으나, 진상이 지닌 폐단이 부각되면서 '허름하고 나쁜 것을 속되게 이르는 말'로도 사용되었다. 흔히 말하는 '진상'에 대해서 네이버 사전을 찾아보았다. 최근 유행하고 있는 '진상'은 이 말의 부정적 의미를 차용하여 '못생기거나 못나고, 꼴불견이라 할 수 있는 행위나 그런 행위를 하는 사람'을 가리키는 말로 쓰인다고 한다. '진상 떨다'라는 말은 '유독 까탈스럽게 굴다'라는 의미로 사용된다고 나와 있다. 딱 적절한 해석이다.

모든 사람이 나와 잘 맞으면 장사하기가 정말 수월하고 즐거울 것이다. 나와 극히 맞지 않다면 그는 '진상 손님'이 될 가능성이 크지만, 대체로 내가 '진상'이라고 느끼는 사람은 다른 곳에서도 그렇게 보이는 경우가 많더라. 결국 자신의 자리는 스스로가 만드는 것이다.

#1

내가 정한 '진상 손님'은 말을 함부로 하고 예의 없는 사람. 옷값을 마음대로 깎아버리는 사람. 옷이나 신발이나 물건을 함부로 만지거나 입어보고 신어보는 사람. 대충 이런 부류의 손님들이었다. 하지만 이런 것도 시간이 지나고 친분이 생기니 별거 아니었다. 삼삼오오 몰려서 우연히 지나가다 들어오는 손님들은 대체로 용감하다. 일행들이 '이 옷 입어봐라, 저 옷 입어봐라' 부추기며 정신없이 옷들을 마구 입어본 다음 벗어두고 간다. 이럴 때 조용히 옷을 고르고 사기 위해 오는 손님은 위의 손님들 때문에 정신이 없어져서 다음에 오겠다며 그냥 가기도 했다. 경험상 정말 옷을 사기 위해 오는 사람은 혼자 오는 경우가 많았다. 무리 지어 지나가다가 들른 사람들은 대부분 이것저것 뒤적거리지만 구매로 이어지는 확률은 적었다.

이렇게 뒤적거리고 가는 손님을 우리말로 '찌지미'라고 불렀다. '찌짐', 즉 표준어로 부침개를 말한다. 부침개를 뒤집으면서 굽는 것처럼, 옷을 이것저것 뒤집어놓고 간다는 것이다. 처음 장사를 시작했을 때 이웃 가게 사장님들이 '찌지미'라는 말을 하시면서 그 뜻을 알게 되었다. 이런 말을 누가 만들어냈는지 웃기기도 했지만, 어디 가서 찌지미라는 말은 듣지 말아야겠다는 생각도 했다.

남의 가게에서 이것저것 물건을 뒤적거리는 습관이 있는 사람들이 있다. 나쁜 습관이니 고쳐야 하지만, 대부분 본인이 그런 '찌지미'인 줄 모른다. 동행하는 분들이 옆에서 말려주면 정말 좋겠다. 그나마 소심한 손님은 잠시 고민한 다. '옷은 입어봐야 사지.' 일행 중 누군가가 용감하게 물어 본다. "입어봐도 되죠?" "네, 입어보세요." 하지만 값을 치르 기 전까지는 손님의 것이 아니다. 옷은 입어봐야 산다고는 하지만, 내 물건이 아닌 것을 함부로 대하면 안 된다. 계산 하기 전까지는 내 물건이 아닌데, 남의 물건을 함부로 만지 고 많이 입어보면 누가 좋아하겠는가? 이런 사람일수록 정 작 본인 물건은 더 아낀다. 실컷 다 입어보고는 "새 물건 없 어요?"라고 말한다. 다 새 옷인데 본인이 누구보다 많이 입 어봤으면서 아무도 입어보지 않은 새 옷을 달라고 한다.

동네마다 작은 옷 가게들이 많다. 이렇게 작은 가게에서 는 시내의 큰 매장이나 브랜드 매장처럼 새 옷을 미리 쟁여 놓고 판매할 여건이 안 된다. 이럴 땐 새 옷을 주문해준다.

#2

나는 대부분 옷을 입어보라고 권유하는 편이지만, 얇은 티셔츠나 리넨 종류, 니트류 같은 것은 못 입어보게 하는 곳이 많다. 화장이 진하거나 향수를 사용하는 손님들의 향 이 옷에 밸 수도 있기 때문이다. 그 전에 먼저 손님 스스로 가 입어보지 않는 것이 예의다. 나는 교환이나 반품을 줄이기 위해 되도록 입어보고 구매를 결정하라고 하는 편이긴 하다. 막상 입었을 때 마음에 안 들면 대부분의 손님들은 구매하지 않는다. 내 일거리만 늘어나고 에너지만 뺏기는 것이다. 그런데도 나는 처음부터 그런 습관이 들어서인지 손님들이 편하게 입어보고 결정하도록 권한다. 입어보게 하지 않고 사가게 하는 편이 매출을 올리는 데에 더 유리할지도 모른다. 하지만 물건에 자신이 있었다. 또 눈으로 보는 것보다 입었을 때 더 예쁜 옷들이라는 자신이 있기에 입어보기를 권유했다. 특히 손님에게 딱 어울리거나 입었을 때 너무 편해서 구매 욕구가 생길 만한 옷은 망설임 없이 입어보라고 했다. 그만큼 나는 내가 골라주는 옷에 자신이 있다.

옷을 입어보고 안 살 거면 벗어야 하는데 계속 입고 있는 사람이 있다. 그때는 기분이 상하지 않게 "손님, 안 사실 거면 벗어주실래요"라고 말한다. 그러면 기분 나쁘다는 표정을 짓는 사람도 가끔 있다. "제가 살게요. 살 거예요. 이제 입고 있어도 되죠?"

그동안 겪었던 안 좋은 경험 때문에 진짜 구매할 손님에게도 그런 말이 노파심에 나오기도 했다. 살지 안 살지 모르는 상태에서 새 옷을 계속 입고 있는 것을 보며 속으로 안절부절했던 적도 있다. 그 옷이 너무 타이트해서 늘어날

까 봐, 오염될까 봐, 향수 냄새라도 밸까 봐. 온갖 생각이 든다. 작은 옷 가게 주인들의 이런 마음은 손님들이 배려해주었으면 좋겠다.

본인 스타일이 아니라고 하면서 호기심에 '한번 입어볼까?'라고 하는 사람이 있다. 자신은 이런 옷은 안 어울려서 못 입는다면서도 그냥 입어본다. 혼자 왔을 때는 안 하는 행동이다. 보통 일행이 옆에서 부추긴다. "입어봐라!!" 본인은 "이런 스타일을 우째 입노? 안 된다." 이렇게 말하면서도 입어본다. 그리고 일행들이 어울린다고 말해도 사진 않는다. 그런 사람들에게 본인 스타일이 아니면 입어보지 말라고 할 수가 없다. 입어보자고 말하는 옷을 꺼내줄 수밖에 없다. 그러다 정신없는 사이에 손님들이 무엇을 묻히기도 한다. 아니면 신축성 없는 옷을 입고 팔을 막 구부리거나 움직여서 옷이 늘어나거나 바느질 부분이 미어지는 일도 있다. 입었을 때 나에게 좀 작은 느낌이 들 때는 억지로 입지 말고 바로 벗는 것이 예의다. 사지 않은 옷은 자신의 물건이 아닌데도 옷을 함부로 하는 사람들은 '진상 손님'이 맞다.

하지만 단골손님에게는 본인 스타일이 아닌 옷도 여기

아니면 어디서 입어보겠느냐며 이 옷 저 옷 마음껏 편하게 입어보라고 한다. 하지만 대부분 안 입던 새로운 스타일은 한번 입어보는 것으로 만족한다. 본인의 스타일을 바꾸기가 쉽지 않을 것이니. 정작 우리 가게 단골손님들은 오히려 본인들이 더 신중하게 물어본다.

"입어봐도 돼요?"

먼저 입어보라고 권해도 "안 입어봐도 돼요." "일 마치고 바로 와서 땀 냄새 나서 안 돼요."

어쩜 이렇게 예쁜 마음씨를 가지셨는지! 손님이 주인을 닮는다던데 오히려 내가 손님들을 닮아가고 있다.

#3

여러 가지 옷을 입어보면서 옷에 대해 계속 안 좋은 말만 하는 사람도 있다. 이런 사람은 매사에 부정적인 감정으로 가득 찬 사람이라고 생각한다. 부정적인 말만 하고 안 좋은 이유를 찾아내면서 왜 옷을 입어보는지 이해가 잘 되지 않는다.

이거 예쁘다며 입어보라고 일행이 권유를 한다. 집에 있는 옷도 거의 어두운 색인데 이것도 너무 어두워서 싫다고 한다. 밝은 색을 주면 색이 밝아서 부해 보인다고 말한다.

외투는 다 마음에 드는데 너무 길어서 싫다고 한다. 롱

코트나 바바리는 길어서 멋진 옷인데. 중간 기장의 외투를 골라주면 어중간하다고 말한다. 그래서 기장이 짧은 옷을 주면 힙이 안 가려져 싫다고 한다.

너무 붙는 바지가 싫다고 해서 살짝 배기 바지를 주면 어벙벙한 것이 싫다고 한다. 조금 덜 타이트한 일자바지를 골라주면 이번에는 어딘가 안 어울려서 안 예쁘다고 한다. 배가 안 붙었으면 좋겠다고 해서 조금 박시한 옷을 주면 펑퍼짐해서 싫단다.

이들은 부정적으로 생각하고 말하는 것이 습관이 된 사람들이다. 이런 손님이 만족할 만한 옷을 찾아주는 일은 늘 어려운 숙제다. 하지만 이런 손님이 만족할 옷은 없을 것 같다. 그냥 우리 가게에 본인이 좋아할 만한 옷이 없는 게 아닐까? 본인 스타일이 아니라면 괜히 힘 빼면서 이 옷 저 옷 입어보지 않아도 될 것이다. 옷 가게 주인은 물론 자기도 많이 피곤할 것인데. 모두에게 만족스럽지 못할지라도 주인장이 고민해서 준비하고 진열해놓은 옷이니 부정적인 평가는 조심스럽게 했으면 좋겠다.

나와 안 맞을 뿐이지 옷이 안 예쁜 것은 아닌데 계속 입는 옷마다 안 어울리고 이상하다 말한다. 심지어 모두가 다 예쁘다, 어울린다고 말하는데도 본인은 아니라고 한다.

주인 입장에서는 힘이 빠진다. 그런데 이상하게 그럴 때마다 일행이 더 부추기며 이 옷 저 옷 자꾸 입어보라고 하는 경우도 있다. 왜 그런 것일까? 주인은 '이제 그만 입어보세요'라고 말할 수도 없는데. 불친절한 옷 가게라며 화를 낼지도 모르니까.

#4

간혹 내가 판매하는 옷 중에서도 '이 옷은 조금만 이렇게 만들었으면 좋았을걸' 하는 아쉬움이 드는 것이 있다. 하지만 이런 옷 한 벌도 나보다 훨씬 전문가인 디자이너가 만들었을 것이다. 해를 거듭할수록 손님들은 이렇게 말한다. '어쩜 이렇게 옷을 잘 만들었을까?', '이 집 옷은 원단도 정말 예뻐요. 색상도 잘 뺐다.', '이런 것은 디자인을 너무 잘한 것 같아요.' 내가 고른 옷에 만족해하는 손님들의 이야기를 들을 때면 나 자신에 대한 믿음이 생긴다. 옷 한 벌을 고를 때마다 얼마나 고민하고 살펴보며 고르는지 그 수고를 알아주는 손님들이 있기에 힘이 난다. 이런 손님들은 두세 가지 중에 고민하다가도, 내가 더 나은 옷으로 골라주기 때문에 나를 믿어도 된다고 생각한다. 감사하게도.

동행이 있는 경우, 손님은 그 옷이 마음에 들어서 사고 싶은데 일행은 자신의 취향이 아니라며 '그 옷은 별로'라고 해버리면 그 손님은 옷을 살 수 없게 된다. 남이 별로라고 한 옷을 사 입을 용기가 안 나는 것이다. 옷은 객관적인 입장에서 제대로 봐줘야 한다. 옷을 입을 본인이 좋아하고 편하게 입을 수 있는 것으로 고르는 것이 맞다. 다른 사람이 좋다고 해서 권해주는 옷을 산다면 그것은 내 옷이 안 될 확률이 더 높다. 각자의 스타일이 있기에 고르는 옷도 다르다. 스키니 바지를 좋아하는 손님이 스키니 바지를 입었을 때, '그 바지는 너무 붙어서 별론데'라고 하면서 통이 넓은 바지를 골라주며 '나는 이게 예쁘다'고 한다. 그러면 손님은 본인이 입을 옷인데도 선택을 못 하기도 한다. 하지만 그건 그 손님의 스타일이 아니다. 그것을 알기 때문에 옆에서 보는 동안 답답하기도 했고, 심지어 일행이 미울 때도 있었다. 색상도 마찬가지다. 내가 볼 때 베이지색이 예뻐도 손님이 블랙을 고집한다면, 그 손님이 입고 싶은 색을 고르는 게 맞다.

제5장

동대문, 신세계로 가는 문

1. 가을 운동회의 모습처럼 남은 동대문시장

동대문시장을 처음 갔을 때 그 화려한 불빛들을 잊을 수가 없다. 도로는 인파로 넘쳐나고 상가에서는 신나는 음악이 건물 밖으로 흘러나오는데, 태어나서 이렇게 심장이 뛴적은 처음이었다. 어린 시절 가을 운동회 하던 날이 생각났다. 오랫동안 잊고 살았던, 그날의 기억.

이른 아침부터 엄마는 도시락 준비로 바쁘셨다. 김밥뿐아니라 유부초밥도 만들고 달걀과 햇밤을 삶고 과일을 챙기고 과자를 준비하고 환타 같은 음료수도 챙겼다. 요즘은피자, 치킨 등 배달 음식을 시켜 먹지만 나의 어린 시절 가을 운동회는 동네 잔치였다.

운동회 날 아침. 체육복을 입고 하얀 타이츠에 하얀 실내화를 신는다. 머리에는 청군, 백군 띠를 둘렀다. 운동장에 들어섰을 때 넓은 운동장에 가득 울려 퍼지던 음악 소리와 펄럭이는 만국기. 웅성거리는 아이들의 술렁임. 좋은자리를 잡기 위해 일찍부터 돗자리를 깔아놓은 가족들도보인다. 학교 담벼락에는 리어카를 끌고 온 상인들이 즐비하다. 불량 식품, 솜사탕, 뽑기, 달고나 등 아이들을 유혹하는 군것질거리가 눈길을 끈다. 운동회 날은 잔칫날이었다. 할머니는 용돈을 주셨고 큰어머님들과 중고등학생인 사촌 언니·오빠들도 운동회를 구경하러 놀러 오셨다. 운동회 날에는 용돈도 받고 엄마가 준비한 음식을 같이 먹으면서 어른들도 함께 즐겼다. 그렇게 생기발랄하던 그때의 설렘.

　나이 마흔 중반에 난생처음 서울에 있는 동대문 상가를 갔을 때 화려한 조명은 운동장에서 펄럭이던 만국기 같았다. 상가를 빙 돌아서 상인들의 물건을 모아두는 천막들이 펼쳐지는 모습은 좋은 자리에 돗자리를 폈던 가족들의 모습 같았다. 상가 주변의 노점들은 학교 주변의 노점들 같았다. 서울 가는 날은 이런 어린 시절 추억의 한편 같은 들뜸과 설렘이 있었다.

　밤새 북적대고 술렁이던 동대문의 물결은 잠자고 있던 나의 열정을 자극하기에 충분했다. 돌아오면 녹초가 되었지만, 막상 서울에서 밤새 일하던 그 시간에는 지치지도 않고 오히려 눈에서 빛이 났다. 나름대로 열심히 살았다고 자부하는 나였건만 치열하게 살아가는 동대문의 많은 사람들을 보며 꼬리를 내릴 수밖에 없었다. 밤과 낮이 바뀌어 살아가는 사람, 스무 살부터 동대문에서 일을 배우기 시작해 50대가 되도록 떠나지 않고 일을 하는 사람, 동대문 상가에 점포 하나 입점하기 위해 오랜 시간 일을 배우고 돈을 벌면서 살아가는 사람들이 있는 곳이 동대문이다. 하룻밤에 얼마나 많은 현금이 이 시장에서 오고 갈까? 나 역시 가방에 몇백만 원을 넣고서 올라갔다. 나와 다르게 살아가고 있는 사람들을 보면서 몰랐던 세계로의 여행을 시작하듯이 가슴이 뛰었다. 낯선 세계에 대한 두려움을 극복하는 데 시간은 좀 걸리지만 적극적으로 부딪혀가면서, 이미 시작된 새로운 나의 세계를 만들어가야 했다.

모든 것이 처음인 날이었다. 상인들만이 이용하는 '장차'라는 버스를 타는 것도 처음이었고, 결혼 후 나 혼자 집을 떠나 서울을 가는 것도 처음이었다. 말로만 듣던 그 유명한 동대문시장을 가는 것도, 현금 몇백만 원을 들고 옷을 사러 가는 것도 처음이었다.

태어나서 지금까지 한 일 중 가장 뿌듯하고 신나고 즐기면서 했던 일이 동대문시장을 가는 일이었다. 정말 힘든 일이었지만 동대문은 '신세계'였다. 지방에 살고 있던 나에게 서울이라는 곳은 충분히 설렘을 주는 곳이었다. 하물며 동대문시장이라니. 그동안 막연한 동경을 품고 있었던 동대문이라니.

지금은 동대문 상가에도 상인들이 많이 줄어서 예전의

생기 넘치는 모습은 보기가 힘들다. 몇 년 전부터 경기 침체로 지방 상인의 발길이 줄어들기도 했고, 또 나처럼 직접 가지 않고 SNS를 이용하여 주문하는 사람이 증가했기 때문이다. 대신 중국 상인들이 많이 늘었다. 중국 상인들의 모습들도 진풍경이다. 얼굴에 붕대를 감거나, 마스크를 착용하고 있으며 상가 안에서도 선글라스를 끼고 있다. 모자도 필수품이다. 서울에 온 김에 성형도 하고 동대문 상가에서 옷을 사가는 것이었다. 중국 상인들을 상대하는 매장에서는 지방 상인들보다 돈 잘 쓰는 중국 부자 상인들을 잡느라 늘 분주했다. 중국어를 배웠는지, 직원들 중에는 중국어를 잘하는 사람도 있었다. 통역하는 사업 삼촌이 동행하기도 했다. 중국에서 온 상인들은 대부분 젊은 아가씨들이 많았다. 우리나라 옷이 질도 좋고 디자인도 다양하며 여러모로 예쁜 옷이 많아 중국의 젊은 여성들이 좋아할 만했다. 그러나 코로나가 전 세계로 번지면서 지금은 동대문 상가에도 손님이 거의 없다. 대부분이 나처럼 집에서 SNS로 주문을 한다. 돈을 잘 쓰던 중국 상인들은 아예 오지도 않으니 동대문 상가의 활기차던 모습은 옛 이야기가 되어버렸다. 때문에 오래전 내가 경험했던 동대문 상가의 모습은 어린 시절 가을 운동회의 기억처럼 남아 있다. 그리운 한때의 모습이 되었다. 거래처의 보고 싶은 '언니'들과 나에게 '누나'라고 부르던 '삼촌'들도 생각난다. 그들은 오늘도 열심히 밤을 낮처럼 살고 있겠지? 내가 기억하는 그때의 가을 운동회 같은 모습을 기록으로나마 남겨본다.

　만약에 내가 잘 못하거나 장사가 잘 안되면, 나는 정말 열심히 하고 싶지만 손님이 오지 않는다면, 내가 걸었던 목돈도 날리고 직장도 잃게 된다. 다시 치과위생사가 되고 싶어도 나이 마흔이 넘은 아줌마를 받아줄 곳은 없을 것 같았다. 내가 내 복을 차고 나왔다는 말도 들은 마당에 잘못된다면 얼마나 좌절스러울까? 하지만 고민할 겨를도 없이 바로 달려야 했다. 내가 투자한 돈이 있으니 어쨌든 그 돈만큼은 손해 보지 않아야 한다는 각오가 있었다. 하지만 부담을 안고 있으면서도 큰 걱정은 되지 않았다. 왠지 나는 잘할 것 같았다. 사람들도 많이 찾아올 것이라는 믿음도 있었다. 동대문은 나에게 신세계였다. 나는 신세계에, 새로운 세상에 풍덩 빠져보기로 했다.

2. 신세계는 신세계백화점만 있는 줄 알았는데

내 나이 마흔셋. 그동안 남의 일에 쏟았던 에너지와 열정을 나의 일에 모두 쏟기로 했다. 안정적이고 정년이 보장되었던 직장을 과감히 그만두니 반대하는 사람들이 더 많았다. 대부분이 나를 위하는 마음이었다. 특히 공직 생활만 몇십 년을 하고 은퇴하신 친정아버지가 제일 많이 말리셨다.

"장사가 얼마나 힘든 일인데 그냥 편하게 직장 다니지, 뭣 하러 장사를 하려 하노?"

친정아버지는 큰딸인 내가 늘 아픈 손가락이었다. 두 아이의 엄마이자 맏며느리, 외며느리이며, 어른들이 안 계신 집안을 이끌어가는 안주인으로서 어깨가 얼마나 무거울까 걱정하셨던 분이다.

살면서 도전이나 모험이라는 단어를 쓸 기회가 거의 없었다. 전투적인 느낌이 나는, 거칠고 힘이 많이 들어가는 그런 단어가 싫었다. 예쁘고 곱고 무게감이 없으며 참한 말들이 내게 더 어울린다고 생각했었다. 그 생각은 지금도 변함없다. 하지만 내가 살아온 지난 시절을 돌아보면 자의

든 타의든 내게도 그런 도전 같은 기회가 주어졌다. 나는 싫다고 말하면서도 넙죽넙죽 그 도전들에 응하고 있었다. 옷 가게는 징말 겁나는 도전이었다. 직장을 다니는 것과는 차원이 다른 모험 같은 것이었다. 비록 내가 사장이자 직원인 '일인 사업장'이지만 내 사업장을 갖게 된 것은 내 인생에 큰 터닝 포인트가 되었다.

2011년 8월 31일. 그날은 9년을 근무한 직장에서의 마지막 날이자 하필 '장차'가 서울 가는 날이기도 했다. 상인들을 태우고 동대문 상가로 가는 장차는 일주일에 두 번, 오후 4시 30분에 출발했다. 오후 4시에는 병원에서 나가야 했기에 근무 시간을 못 채우고 나가게 되어 죄송하다고 원장님께 부탁을 드렸다. 일이 좀 정리되면 다시 인사드리러 오겠다는 말을 남기고 병원을 나왔다. 대중교통을 이용해서 갈 수도 있지만 처음 장차를 타는 것부터 순미와 동행해서 일을 익혀야 했다. 그날 올라가지 못하면 며칠 동안 물건 없이 가게를 비워두어야 했다. 단 며칠이라는 시간도 허비할 수가 없었다.

아직 가을의 문턱이었다. 낮에는 약간 더운 기운이 남아 있었다. 병원 건물을 빠져나와 순미를 만나러 가는 길은 내 생애 잊을 수 없을 만큼 홀가분했다. 날개라도 달린 듯이 발걸음도 가벼웠다. 9년 넘게 건물 안에 갇혀서 주말 외에는 파란 하늘이며 햇살도 제대로 못 보고 살았는데 그날따라 날씨가 유난히 맑고 푸르렀다. 넉넉하지 못한 자본으로 시작하는 가게인데도 부담은커녕 어떻게 그렇게 세상이 아름답고 행복하게 보일 수 있었을까? 지금 돌이켜 보니, 그때 생각이 너무 많았다면 절대 옷 가게를 시작할 수 없었을 것이다. 가을 소풍 가듯이 한껏 부푼 마음으로 서울 가는 장차에 몸을 실었다.

　장차는 지방에서 동대문시장으로 물건을 사러 가는 의류 상인들 전용으로 개조한 버스다. 일반 고속버스보다 컸고, 좌석 또한 앞자리와의 간격이 넓어서 다리를 올릴 수 있는 의자 높이의 발판도 있었다. 작은 무릎 담요나 목 베개를 챙겼다. 밤 9시쯤이면 동대문시장에 도착해서 새벽까지 일해야 했기 때문에, 이동하는 동안 최대한 편하게 잠을 자두어야 했다. 하지만 서울 가는 첫날인데 잠이 올 리가 없었다. 버스 안 사람들은 여기저기서 소곤거렸다. 서로 아는 얼굴들과 인사를 나누고 친한 사람들끼리 이야기도 나누고 간식도 먹었다. 여행 가는 듯 보이기도 했다. 나 역시 일하러 가는 것이 아니라 소풍을 가는 것처럼 마음이 들떠 있었다. 버스를 타고 가면서 순미는 이런저런 설명을 했다. 서울에 가서 물건을 구매하고 사입을 어떻게 하는지 그리고 물건을 할 때 아이템을 생각하면서 어떻게 돈을 잘 분배해야 하는지 등의 설명을 해주었다. 그러면서 우리는 휴게소에서 군것질거리를 사 먹었다. 정말 즐거웠다. 버스가 다시 서울을 향하자 여기저기서 소곤거리던 사람들도 조용해졌고 우리도 잠깐 잠이 들었다.

흔들리는 버스가 어느새 서울로 들어섰다. 한강 다리와 높고 빽빽한 빌딩들과 화려한 불빛들이 우리를 반겨주었다. '드디어 서울이구나.' 눈을 뗄 수가 없었다. 어디가 어딘지 전혀 알 수 없었다. 곧 동대문 상가가 밀집해 있는 곳으로 버스가 들어갔다. 거리는 많이 복잡했다. 전국에서 올라온 버스들이 군데군데 차를 세웠다. 새벽 4시 30분까지 이곳으로 와야 한다는 이야기를 들으며 우리도 버스에서 내렸다.

태어나서 그렇게 복잡한 곳은 처음이었다. 창원 롯데백화점 같은 커다란 상가 건물들이 몰려 있는 동대문시장은 그야말로 불야성이었다. 화려한 불빛과 조명들은 대낮처럼 환했다. 밤이란 것을 잊을 정도였다. 건물마다 울려 퍼지는 음악 소리는 그곳의 생동감을 그대로 전하기에 충분했다. 도로며 골목이며 상가는 사람들로 붐벼 정신이 하나도 없었다. 내가 살아온 곳에서는 한 번도 경험하지 못한

광경이었다. 횡단보도에는 사람들이 가득했다. 신호가 바뀌면 상인들은 우르르 건너고 상가 안으로 밀려들어 가고 밀려 나왔다. 그야말로 상인들의 물결이 이어졌다. 심장박동 수는 저절로 올라갔다. 흥분이 될 수밖에 없었다. 삶이 지루하고 낙이 없고 우울하다면 치열한 동대문시장을 꼭 가보라고 말하고 싶다. 그곳에서는 치열하지 않은 사람은 없으니. 나는 삶이 너무 힘들다고 생각되어 우울했던 적이 있었는데, 동대문 상가를 다닐 때는 그런 생각이 얼마나 사치인가를 깨달았다. 한 치의 나태함도 허용하지 않는 곳이었다. 시간이 아까워서 어정거리며 보낼 수도 없었다. 한 번 올라갔을 때 물건을 제대로 봐야 한다는 강박감도 있었다. 치열함의 대열에서 낙오될 수는 없다는 생각으로 밤을 낮처럼 쫓아다녔다.

도대체 어느 상가부터 가야 하나? 상가 안에는 1평도 채 안 되는 작은 곳부터 꽤 넓은 곳까지 다양한 매장들이 꽉 들어차 있었다. 통로는 비좁아서 물건을 들고 다니는 상인들끼리 부딪치며 밀리기도 했다. 어느 매장에서 어떤 물건을 사야 하는지 집중해도 제대로 보기 어려울 만큼 물건이 많았다. 일단 순미가 주로 가던 거래처를 중심으로 돌기 시작했다. 나는 수첩에 상가의 층과 동, 호수와 함께 주로 판매하는 품목들을 기록했다. 내가 판매할 물건을 사야 한다는 생각도 못 했다. 그저 수동적으로 순미가 사는 것들을 옆에서 보고 돈을 계산해주는 것만 했다. 순미는 나에게 어떤 옷을 사고 싶은지 둘러보고 사고 싶은 물건을 고르라고 했다. 평소 쇼핑 다닐 때와는 다르게 입이 떨어지지 않았다. 백화점에 손님으로 갔을 때 직원들의 친절한 태도와는 달랐다. 복잡하고 바쁘고 치열한 동대문에서는 지방에서 올라온, 딱 보기에도 장사는 초보인 40대 아줌마에게 신경도 안 썼다. 순미는 기존 거래처에 나를 소개해주고 다음부터는 내가 혼자 올 것이라는 이야기와 언니를 잘 부탁한다는 말까지 빠트리지 않았다.

시간이 자정을 넘길 즈음 다리가 아팠다. 앉고 싶다는 생각이 들었다. 시끄럽고 복잡한 상가 지역을 조금 벗어나니 커피를 마실 수 있는 곳이 있었다. 공원처럼 보이는 곳에서 시원한 9월 초의 밤공기와 함께 음료를 마시며 잠깐 쉬었다. 그때까지도 일을 하는 것이 아니라 둘이 여행 온 것같이 여유를 부리면서 웃고 있었다. 당장 2주 후에는 나 혼자 와야 할 곳이라는 두려움도 잠시 잊은 채. 하지만 새벽이 가까워질수록 2주 후에는 혼자 이곳에서 밤새 일을 해야 한다는 부담감이 현실로 느껴지기 시작했다.

3. 마음속 칼을 갈며 조금씩 단단해지다

2011년 9월, 아직은 늦더위가 남아 있는 초가을에 내 가게를 시작했다. 실 평수는 4평 정도. 옷 가게들이 많이 입점해 있는 상가 안의 작은 가게였다.

"치과 월급보다는 훨씬 나을 거예요."

순미가 자주 해준 말이었다.

"인테리어도 따로 손댈 것도 없이 작은 가게니까 있는 그대로 예쁜 옷만 해서 걸어두세요"라고 했다. 알뜰한 순미는 허튼 돈은 쓰지 않도록 당부했다. 순미는 쓸 때는 쓸 줄 아는, 지혜로운 소비 생활을 하는 사람이었다. 나는 어설프기가 이루 말할 수 없다. 안 써도 되는 돈을 쓰고 돌아서서 후회하지만 또 금방 잊어버린다. 그것이 내 정신 건강에 좋았고, 그래서 환경에 비해 밝게 살 수 있었던 것 같다. 좋게 말해서 긍정적이고 밝은 성격이라고 해야겠지. 순미를 보면서 나와 다른 야무진 면을 참 닮고 싶다고 생각했는데 천성은 변하기 힘든가 보다. 지금 장사를 하면서도 순미와 달리 계산이 서툴러 실수가 잦고 옷값을 받지 않고도 받았다고 까먹는 일도 잦다. 역시 돈을 잘 버는 사람은 어디가 달라도 다른 것일까? 순미는 손님들에게 커피나 음료를 대접하는 것도 습관이 되지 않도록 당부했다. 하루에 커피 한두 잔을 마실 돈을 한 달 동안 모은 금액을 계산해주기도 했다. 내가 그런 계산이 서툰 사람이기에 순미는 자꾸만 나를 가르쳤다. 그만큼 나를 위하고 내가 돈을 더 잘 벌기를 바라는 마음이었다. '티끌 모아 태산'이라는 속담이 있지만 아무리 마음속으로 다짐을 해도 잘 안 된다. 나는 부자가 되기는 틀렸나 보다. '티끌은 모아도 티끌'이라는 생각을 아직도 하고 있다.

오래전 내가 20대에 읽은 이외수의 소설 〈칼〉을 기억한다. 너무 예전에 읽어서 줄거리가 정확하게 기억나지는 않지만 소설 속 주인공이 약하고 비굴하게 묘사되었는데, 주인공은 그런 자신을 외부의 강압으로부터 지키기 위해 칼이 필요하다고 느낀다. 칼을 다른 사람을 해하기 위해서가 아니라 자신을 지키기 위해서 만든다는 내용이 인상적이었다. 신검을 만드는 과정에 주인공이 했던 정신 집중과 해탈의 과정이 잘 묘사되었던 기억이 난다. 신검은 피를 보아야 완성되는 것인데 주인공은 신검으로 그 누구도 해하지 못한다. 하지만 내 기억에 뚜렷하게 남았던 것은 신검을 만들면서 나약했던 주인공이 변하는 모습이었다. 그 과정에서 이미 주인공은 자신을 지킬 신검을 마음에 품은 것이었다. 나는 이 소설을 떠올리면서 마음속으로 '신검'을 만들듯이 자신을 프로로 만들어갔다. 거창한 일을 하는 것은 아니었지만 '장사'라는 것은 나이 마흔 중반에 두려운 도전이었다. 낯선 사람을 상대하는 일이 겁났으니까. 흔히 '속으로 칼을 간다'라는 표현을 한다. 내게 있어 '칼을 간다'는 것은 세상 밖으로 나온 내가 세상에서 버티고 스스로를 지키기 위해 단단해지려는 노력한다는 의미로 생각되었다.

어떤 날은 세 보이는 손님이 와서 툭툭 던지는 말에 적응하지 못하고 주눅 들기도 했다. 그럴 때는 마음속 신검을 생각하면서 나 자신에게 주문을 걸었다. 손님이 나와 안 맞으면 구경하다 나가게 하자, 시비를 걸면 그냥 웃어버리자, 포커페이스를 유지하자 등등. 하지만 진정한 프로는 그런 마음가짐을 가지지 않아도 저절로 오라가 풍기게 되어 있다. 손님들이 오히려 나의 오라에 리드당하는 상상을 해봤다. 그 얼마나 멋진 일일까? 일부러 센 척할 필요도 없었다. 나 같은 사람은 일부러 센 척하면 오히려 더 우스워 보이기 때문이다. 별의별 사람이 다 있는 것은 이미 두 가지 직업을 가지면서 겪어왔던 일이다. 그러니 대범해지고 용기를 내면 되는 일이었다.

직장 생활과 옷 가게가 다른 점은 장사는 손님과의 흥정이 필요하단 것이었다. 즉 살까 말까 망설이는 고객의 마음을 사는 쪽으로 돌려야 하는 고도의 신경전을 해야 하는 것이었다. 그 과정에서 욕심이 앞서면 과장하게 되고 거짓말도 하게 된다. 때론 손님에게 비굴해지기도 한다. 정말 싫은 것이 그것이다. 나는 옷 가게 주인과 손님은 갑과 을의 관계가 아니라고 생각한다. 손님은 자신에게 필요한 것을 값을 치르고 사가면 되고, 주인은 손님들이 원하고 갖고 싶은 물건을 구비해놓고 팔면 되는 것이다. 욕심이 많을 때는 더욱더 힘든 것이 장사다. 하나라도 더 팔려고 오버하다 보면 오히려 더 안 좋은 이미지를 남길 수 있으니까. 그렇기에 욕심을 버려야 내 것이 되는 것들이 더 많다고 생각한다.

1,800만 원이라는 권리금을 주었을 때 주변에서는 '뭐하러 구멍가게에 그 많은 돈을 들여 장사를 시작하느냐?'고 말했다. 하지만 나를 염려하는 지인들의 말에 귀를 닫고 일일이 대답하지 않았다. 비록 상가 안 4평짜리 작은 가게였지만 그 자리는 상가 안에서도 명당자리였다. 나는 그곳이 '내게 온 기회이고 행운'이라는 생각으로 일을 시작했다. 후회 따위는 내 사전에 없을 것이며, 만약에 장사가 안

돼 돈을 못 벌게 되더라도 그만큼의 인생 공부를 한 것이고 경험치가 생겼다고 생각하기로 했다. 실패 또한 공부가 된다. 무언가를 시도하지 않으면 아무 일도 일어나지 않는다. 하지만 우물 안 개구리가 세상 밖으로 나오면 일이 생길 것이고 거기서 배움도 생기고 또 다른 길을 찾을 수도 있을 것이라 생각했다. 실패에 대한 두려움을 가지지 않기로 했다. 다른 길을 가봐야 또 새로운 길이 보인다는 것을, 옷 가게를 시작하면서 알게 되었다.

장사를 하면서 여러 부류의 사람들을 만났다. 그러면서 짧은 대화를 통해 사람들의 다양한 성격과 직업, 삶도 느끼게 되었다. 모르던 세상을 알아가는 것이 즐거울 때도 있었다. 약간의 모험 같은 기분이 들기도 했다. 가끔은 예측할 수 없는 힘든 사람을 만나기도 했다. 그 두꺼운 벽을 넘거나 때론 깨뜨리는 일이 힘들 때도 있었다. 그것은 다른 사람을 극복하고 넘기 이전에 나 자신을 먼저 넘고 내가 쌓고 있는 벽을 무너트려야 하는 일이었다. 장사라는 것은 내가 먼저 그것을 깨야 하는 일이었다.

가게를 찾아오는 모든 사람이 나의 옷을 좋아하지는 않는다. 그리고 나와 다 잘 맞지도 않는다. 하지만 까칠하게 보였던 나도 조금씩 무난해 보이려 노력했다. 권리금에 대한 걱정은 잊었다. 내가 그만두고 나올 때는 그 돈을 받고 나올 수 있을 것이라 생각했다. 하지만 최근 몇 년 전부터 권리금에 대한 기대는 할 수가 없게 되었다. 대신 이 자리에서 만 7년을 장사했기에 이미 그만큼의 대가는 보상받은 것이라고 마음을 편하게 먹었다. 그러지 않으면 전 사장에게 준 1,800만 원이 아까워서 속이 쓰릴 테니까. 권리금은 앞사람이 가게를 꾸민 인테리어 비용과 장사를 잘해서 그 자리를 '대박' 집으로 만든 값이다. 나와 서울까지 동행해 거래처를 알려주고 일을 가르쳐주는 값도 포함되어 있었다. 이후에도 나는 순미에게 시도 때도 없이 궁금한 것이나 어려운 것을 물어보고 귀찮게 하기도 했다. 그 값 또한 포함되어 있었다. 만약에 순미가 아닌 다른 사람이 하던 가게를 받아서 했다면 권리금을 주었어도 그렇게 몇 달 동안 괴롭히지는 못했을 뿐더러 받아주지도 않았을 것이다.

"언니니까 이렇게 계속 들어주고 받아주지, 다른 사람에게 넘겼으면 한두 번 통화하고 그걸로 끝이에요."

순미의 말처럼 이후의 몫은 새로 하는 사람이 해결해나가야 할 숙제였다. 나는 그렇게 순미 덕분에 힘든 일들을 하나씩 배워갔다. 1,800만 원은 충분히 치를 만한 가치가 있었다. 이제는 빈 점포 어디라도 내가 독립적으로 운용할 수 있게 되었다. 투자가 필요하던 초보였을 때 만난 것이 순미여서 정말 다행이었다. 내 인생에 온 순미는 언제나 '맹귀우목(盲龜遇木)'이라는 단어를 떠올리게 했다.

4. 시골 쥐의 서울 상경

"당장 내일부터 언니가 팔아야 할 물건이에요. 언니가 사고 싶은 옷을 사보세요."

물건이 무더기로 잔뜩 쌓여 있는 상태에서 눈치 빠르게 나의 '꼬까'들을 고르는 일이 큰 숙제였다.

"오늘 사가는 물건으로 2주간 장사를 해야 해요. 2주 후에 올 때까지 팔아야 하니 어떤 아이템을 사야 하는지 언니가 스스로 계속 생각해보세요."

순미는 당장 2주 후에 내가 혼자 와서 어떻게 해갈지 걱정도 되었을 것이다.

"다들 바빠서 언니 한 사람에게 관심을 가져주거나 기다려주지 않아요. 매주 올 수도 없는 곳이고. 시간 안에 장을 다 보려면 재빠르게 움직이고 물건들도 눈썰미 있게 봐야 해요."

"눈에 잘 안 들어온다. 말도 잘 못 붙이겠고 내가 말해도 아무도 안 들어주는 것 같고."

아는 이가 한 명도 없는 이곳을 다음에는 혼자 와야 할 일이 걱정되었다. 걱정 어린 내 말에 순미가 대답했다.

"마음을 너무 급하게 먹지 말고 눈에 보이는 것을 차근차근 사보세요. 잘할 거예요."

"그냥 내 옷 사러 왔다 생각하고 이 바지 위에 무엇을 입을지 머릿속에 그린 다음 티셔츠나 외투 등을 골라야 해요. 그리고 신발도 사야 하고요."

잊어버리기 전에 또 메모했다. 소풍 오듯이 즐거웠던 마음이 시간이 지날수록 긴장감으로 변했다. 나는 물건들로 눈을 돌리기 시작했다. 하지만 속은 막막했다. 2주 후에 혼자 올 생각을 하니 두려움과 걱정이 앞섰다. 이렇게 순미와 단 한 번 서울을 동행했다. 이후에는 낯선 동대문시장을 2주마다 혼자 다녔다. 여러 번 혼자 다니다 보니 어느새 나도 프로가 되어 상가를 누비고 있었다. 하지만 금방 적응되지는 않았다. 같이 말을 나눌 상대 하나 없이 혼자서 여러 상가를 밤새 발이 아프도록 돌아다니자니 외로웠다. 좋아하면서 즐기기까지 결코 쉬운 과정은 아니었다.

매장에서 물건을 살 때, 낱장은 판매하지 않았다. 그리고 현금 거래가 원칙이었다. 색상별로 두 장 이상 사야 하고 바지는 사이즈별로 구매를 해야 했다. 옷을 계속 만져보거나 같은 질문을 두 번 이상 하면 매장 직원들은 귀찮다는 듯 표정부터 변했다. 순미는 꼭 살 것만 만져보았고 상품

에 대해 질문을 할 때도 최대한 눈치껏 물어봤다. 웬만해
선 가격 말고는 크게 물어보지 않았다. 옷을 입어볼 수도
없었다. 그냥 한번 만져보고 대충 사이즈를 본 후 우리가
구매 결정을 해야 했다. 그래서 가격을 물어보고 구매하기
에 적정한가에 대한 고민도 결단력 있게 해야 했다. 옷을
보고 순간적으로 빨리 판단해서 구매를 결정하는 능력이
일을 잘하는가 못하는가를 가늠하게 했다.

비좁은 매장에 옷들이 디자인별로 혹은 색상별로 수북
하게 쌓여 있었고, 그 앞에는 상인들이 비집고 들어갈 틈
도 없이 꽉 메우고 있었다. 샘플 옷이 벽면에 걸려 있는 것
은 뒤에서라도 잘 살펴보아야 했다. 디자인이 마음에 들면
앞에 사람들이 얼른 구매하고 자리를 비켜주기를 기다렸
다. 좁은 통로에 이런 식으로 점포 앞에 서 있다 보면 '사입
삼촌'들이 어깨에 지고 가는 짐 보따리에 머리나 등이 떠밀
려 자빠지기도 했다. 삼촌들은 시간 싸움이었다. 넓은 상
가를 새벽까지 얼마나 쫓아다니는지 사계절 땀에 젖어 있
었다. 살 찐 삼촌은 찾아보기 힘들었다. 그만큼 힘든 일이
라는 증거였다.

삼촌들이 짐을 메고 지나갈 때는 얼른 매장 쪽으로 바
짝 붙어서 길을 터주어야 했다. 혹시 다칠까 봐 순미는 이
런 것도 빠트리지 않고 말해주었다. 초창기에 들렀던 디오

트 상가와 청평화 상가가 특히 비좁았다. 그 두 상가는 불이라도 나면 탈출도 못 할 만큼 통로가 협소했다. 대부분의 매장은 아주 작은 부스 같은 공간이었으며 매장마다 통로까지 물건을 쌓아두었다. 그래서 빈손이라도 두 사람이 지나가기에는 비좁았다. 아무 생각 없이 지나가다 보면 통로에 놓아둔 물건에 발이 걸려서 넘어질 뻔한 상황도 여러 번 있었다.

사입 삼촌들이 어깨에 메고 다니는 옷 보따리에 밀려 상가 통로에서 넘어진 적도 있다. 생각해보면 엄청 부끄러워서 얼른 자리를 이동할 것 같은데, 그때 그곳에서는 크게 부끄럽지 않았다. 워낙 복잡한 상가라서 종종 일어나는 일이기 때문이다. 그리고 다들 바빠서 다른 사람들에게 그만큼 관심도 없었다. 나 역시 많은 물건을 사야 할 때는 시간이 부족해서 비좁은 상가를 물을 가르며 헤엄치듯이 빠른 걸음으로 사람들 틈을 빠져나가곤 했다. 혹시 통행에 방해가 되는 무리가 있을 때는 "먼저 좀 지나갈게요"라고 말하기도 했다. 최근에는 어떤지 잘 모른다. 상가를 리모델링했을 수도 있고, 옛날보다 손님이 많이 줄어서 내가 다닐 때처럼 복잡하지 않을지도.

동대문은 정신이 없었지만 살아 있음을 느낄 수 있는 곳이었다. 잠시도 한눈을 팔 수 없이 치열했다. 전국에서 몰려든 사람들이 상가 가득 쌓인 물건을 밤새 골라서 담아갔다. 새벽까지 일곱 군데 정도의 상가를 들렀는데, 가보기 전에는 몰랐다. 큰 상가를 두세 군데 정도 들러서 예쁘고 입고 싶은 옷들을 마음껏 골라오면 되는 줄 알았다. 하지만 그렇게 쉽고 만만하지 않았다. 대충 하려면 많이 돌아다니지 않아도 된다. 그렇지만 나는 처음 하는 일이다 보니 매장 한두 군데라도 더 들르기 위해 발품을 팔았다.

도매상가에는 바지, 티셔츠, 외투 전문 매장이 각각 따로 운영되고 있었다. 물론 품목마다 비중을 달리 두고 상·하의를 같이 판매하는 곳들도 있었다. 하지만 우리가 흔히 쇼핑하러 다니는 매장처럼 보기 쉽고 눈에 쏙 들어오게 디스플레이가 잘 되어 있진 않았다. 그렇기 때문에 종류별로 코디가 잘 되게끔 옷을 골라서 구매해야 했다. 다음 날 가게에서 물건을 정리할 때 예쁜 티셔츠를 샀는데 같이 매치할 바지가 없다면 손님에게 제대로 코디해서 입힐 수가 없다. "옷은 예쁜데 이 옷은 뭐랑 입어야 돼요?"라는 손님의 질문에 얼른 어울리는 바지나 다른 하의를 추천해줄 수 있어야 손님은 그 예쁜 옷을 구매한다. 충동구매가 아닌 이상 손님이 단순히 예쁘다는 이유로 그 옷 하나만 사는 경우는 드물다.

옷을 고를 때에는 무엇과 어떻게 코디를 할 것인가를 생각해야 한다. 어떻게 선택하여 코디를 하느냐에 따라 2주 간의 매출이 달라질 수 있기 때문이다.

'체험 삶의 현장'이 동대문이라고 생각하면 딱 맞다. 내가 그 속에 함께 있다는 그것만으로도 가슴이 벅찼다. '우물 안 개구리의 서울 상경 일기' 혹은 '시골 쥐의 서울 상경' 같은 역사적인 날이었다.

5. 이렇게 치열한 소풍이 있을 리 없어

다들 궁금해하는 것이 '우리가 물건을 들고 다니는가?' 이다. 나도 처음에는 우리가 구매한 물건을 어떻게 다 들고 다니는지 궁금했다. 많은 사람이 우리가 옷 보따리를 낑낑거리면서 들고 다닐 거라고 생각할 것이다. 나 또한 가뜩이나 팔 힘이 없어서 무거운 것을 잘 못 드는데 옷 보따리를 들고 다녀야 하는지 걱정을 했다. 결론부터 말하면 앞에서 나온 '사입 삼촌'들에게 맡긴다. 동대문에는 '구매대행자' 일명 '사입'이라는 것을 하는 사람들이 있다. 우리는 그들을 '삼촌'이라고 부른다. 실제로 '체험 삶의 현장'이라는 티브이 프로그램에 나온 적도 있다.

동대문 상가 주변에는 천막을 쳐놓고 물건을 모으는 사입 삼촌들의 구역이 지역별로 정해져 있다. 우리가 밤새 구매한 물건은 지역별로 정해진 장소에 모인다.

일단 매장에서 물건을 고른 뒤 계산하고 포장까지 끝나면 서울 매장에 우리 가게 상호를 알려준다. 그러면 매장에서는 옷 봉투에 '김해슈가'라고 매직으로 크게 표시해둔다. 물건을 구매할 때마다 이런 식으로 매장에 남겨둔 뒤 사입 삼촌에게 내가 물건을 사고 맡겨둔 점포의 상가 이름과 층수, 호수를 문자로 보낸다. 이때 실수하지 않으려면 계산을 마친 매장은 바로바로 문자를 보내야 한다. 안 그러면 어디서 물건을 샀는지 찾지도 못한다. 문자가 누락되면 실컷 사놓고도 찾지 못해 물건을 잃어버리기도 한다. 상가 안에 다닥다닥 붙은 작은 매장을 돌아다니다가 마음에 드는 곳을 발견해서 한두 품목 옷을 구매해놓고 문자 누락으로 그 물건을 찾아오지 못하면 아까운 것을 말로할 수가 없다. 가게에 돌아와서 물건이 누락된 것을 알았을 때는 이미 늦었으며 설령 다시 찾아간다 해도 어느 매장인지 찾지도 못한다. 실제로 초반에 물건을 어디서 샀는지 못 찾고 잃어버린 경우가 간혹 있었다. 나의 실수이기에 아까워도 털고 잊어야 했다. 그 대신 다음에는 메모를 잘 하게 되었다.

커다란 숄더백을 메고 다니면서 소량 구매한 물건을 그냥 가방에 넣어 다니기도 한다. 상가를 빠져나오면 사입 삼촌들이 내 짐을 모으는 곳에 가서 직접 놓아두고 다음 상가로 이동했다. 삼촌들은 대봉이라는 커다란 봉투에 주문한 옷들을 가게별로 차곡차곡 담아서 모은다. 새벽까지

장을 다 보고 나면 삼촌들은 우리가 구입한 물건들을 우리가 타고 간 장차에 실어서 가게까지 배달해준다. '화물비'라고 해서 매달 정액제로 얼마씩 주기도 하고, 매일매일 물건이 들어올 때마다 봉투 한 건당 얼마씩 계산하기도 한다. 우리가 장차를 타고 올라갈 때는 버스비에 물건 싣는 비용도 포함된다. 그래서 상인들은 경비도 절감할 수 있고, 동대문에서 편리하게 바로 타고 내릴 수 있기에 대부분 장차를 이용했다.

깍쟁이 같아 보이는 서울 사람들의 사무적이고 도도한 모습도 보았다. 서울말은 부드럽고 상냥한 것 같은데 친절하지 않은 사람들도 있다. 물론 다 그런 것은 아니었지만 얼마나 귀찮으면 그럴까 이해도 되었다. 그럴수록 내가 더 조심하고 매너 있게 행동해야겠다고 생각했다. 동대문 거래처에 나쁜 이미지를 남겨서 득이 될 것은 없었으니.

어디를 들러야 하고 어떤 물건을 어떻게 고르는가를 순미를 따라다니면서 대충 익힌 뒤에는 중간중간 군것질로 출출함을 채웠다. 상가 사이사이 골목에는 식당들과 포장마차들이 많았다. 일을 하다 보면 허기가 지기 마련이라 포장마차에 서서 어묵이나 토스트, 떡볶이 같은 것을 먹었다. 그 재미는 동대문시장이 아니면 경험할 수 없다. 어떤 때는 그 포장마차도 비좁아서 뒤로 밀려 나가기도 했다.

'젠장. 다들 왜 그리 키도 크고 덩치도 좋고 힘도 세고 목소리도 큰 거야.'

신체 사이즈가 비슷한 순미와 나는 서울 구경 온 시골 쥐처럼 보일 것 같았다. 하지만 우리는 남다른 자존감과 자부심으로 똘똘 뭉친 멋진 여자들이라고 말하며 둘이서 웃었다.

식당이 좁으면 옷 보따리를 문 앞에 두고 간단한 식사를 했다. 그 물건을 도둑맞은 사람은 아무도 없었다. 서울에는 소매치기가 많다지만 동대문 상가에서는 소매치기를 본 적도 들은 적도 없었다. 본인의 실수로 분실하는 경우는 있을지 몰라도.

이렇게 치열하게 열심히 살아가고 있는 삶의 현장에는 소매치기도 안 오는 것일까? 아니면 그들도 밤에는 잠을 자기 때문에 잠 안 자고 밤새 일하는 동대문시장에서는 소매치기도 못 오는 것일까? 우리는 전자라고 믿었다. 동대문 상가의 치열한 삶을 본다면 도둑들도 양심에 찔려서 지방 상인들의 현금 가방은 노리지 않는 것이라고 생각했다.

'아, 이곳은 장난이 아니구나. 결코 소풍은 아니야. 이보다 더 치열할 수는 없어.'

순미에게 내 느낌을 이야기하고 내 각오 또한 새로 다졌다. 당장 2주 후에는 나 혼자 부딪혀야 할 동대문이었다. 마치 내가 무슨 대단한 일을 이루어내고 있는 것 같은 뿌듯함도 느껴졌다. 시간이 지날수록 그런 감정들이 차분하게 내 속에 자리 잡기 시작했다.

소풍 가듯이 즐겁게 시작했던 첫날 서울행은 시간이 지날수록 마음이 무거워졌다.

6. 티끌 모아 티끌? 청계천의 기억

　의류 상가를 다 들르고 나면 시간은 어느새 새벽 3시가 훌쩍 넘는다. 장차를 타야 하는 시간이 겨우 두 시간 남은 것이다. 동대문시장에는 의류 상가가 몰려 있지만 여러 군데의 상가를 들르기에는 이동 거리가 꽤 멀었다. 옷을 어느 정도 구색을 맞추어 구매하고 나면 기타 소품이나 비품 등을 사러 가야 했다. 그래서 마지막으로 청계천 옆의 오래된 낡은 상가까지 걸어갔다. 상가 밀집 지역에서 꽤 먼 거리에 있는 신발 상가였다. 컴컴한 길을 걸어가야 했지만 무섭다는 생각은 들지 않았다. 오래전 가족과 함께 서울 여행을 갔을 때 청계천을 구경한 적이 있다. 그때 보았던 청계천은 조명을 환하게 밝혀놓고 길거리 공연이나 문화 행사 등을 할 수 있게 공원처럼 만들어놓은 곳이었다. 하지만 신발 상가로 가는 청계천은 그냥 개천이었다.

　예쁜 조명은 아니었지만 다리 위에 밝혀진 조명이 청계천을 비추고 있었다. 새벽이 다가오는 시간, 다리를 건너다 개천을 바라보며 잠시 숨 고르기를 할 때도 있었다. 끝이 어딘지 보이지 않는 청계천을 바라보며 다리 위에서 짧은 생각에 잠기기도 했다. '아, 이제 오늘을 마무리하는구나.' 여기가 마지막 상가였기에 정신없이 복잡하고 음악 소리와 사람들의 소리로 시끄러운 상가 지역을 빠져나와 조용한 청계천에 도착하면 마음이 차악 가라앉는 것을 여러번 느꼈다. 그나마도 시간에 쫓길 때는 이런 몇 분의 여유를 누릴 수도 없었다.

청계천 다리 건너에 있는 신발 상가는 앞에 들렀던 상가보다 단가가 2,000원 정도 쌌다. 하지만 신발을 몇 가지 고르고 어영부영하다 보니 새벽 4시가 되었다. 전날 저녁 9시가 되기 전부터 일을 시작했는데. 청계천 상가에서 신발을 사기 어려운 것은 공장에서 물건이 새벽에 나오기 때문이다. 새벽이 되면 삼촌들은 쌓여 있는 물건을 화물차에 싣기 위해 포장 작업을 시작한다. 그래서 새벽 3시가 지나면 삼촌들은 청계천 쪽 상가까지 갈 수가 없었다. 삼촌에게 물건 픽업 문자를 늦어도 새벽 두 시 반까지는 보내야 했는데, 청계천 신발 상가 물건은 시간이 맞지 않아 우리가 직접 들고 가야 했다. 돌아갈 길이 제법 멀었고, 밤새 돌아다니느라 발도 아프고 지쳐서 발을 질질 끌며 걸었다. 재고가 없는 경우에는 버스 탑승 시간 때문에 신발을 제때 챙기지 못하고 다음 날 물건을 받았다. 당일에 가지고 가면 우리가 타는 장차 비용에 금액이 포함되어 따로 화물비 지출이 없지만, 그날 가져가지 못하는 물건은 다음 날이나 그다음 날에 받은 다음 화물비도 따로 주어야 했다. 우리가 서울을 가지 않고 주문하는 물건들은 지방에 있는 사입 삼촌들이 배달해준다. 새벽에 서울서 출발한 화물차가 도착하는 곳으로 간 뒤, 자기 구역의 거래처 물건을 챙겨 우리 가게까지 갖다 주는 것이다. 그렇게 물건을 받은 우리가 건당 얼마씩 화물비를 내면, 그것은 지방 사입 삼촌들의 수입이 된다.

신발 상가를 들르는 일은 정말 힘들었다. 다시 돌아오는 길이 너무 멀게 느껴졌다. 걸어오는 길이 15분 이상은 걸렸던 것으로 기억한다. 하지만 가게를 오픈하고 몇 년 동안 열심히 청계천을 다녔다. 신발은 대부분 박스에 들어 있어서 부피가 꽤 컸다. 때문에 열 박스만 사도 들고 가기가 불편했다. 각이 잡힌 신발 상자가 자꾸만 다리를 때려서 아프기도 했다. 신발은 대부분 가죽이고 바닥은 생고무 재질이라 무게가 제법 나갔다. 한번은 너무 무거워서, 신발을 비닐봉투에 담은 채로 질질 끌고 가기도 했다.

혼자 서울을 간 어느 날, 그렇게 정신없이 신발 봉투를 끌고 지나가는데 길가에 잡화를 파는 가게 아저씨들이 길에 서 있다가 내가 지나가는 것을 보고 막 부르는 것이 아닌가. 처음에는 나를 부르는 것인 줄 몰랐다. 하도 크게 불러서 돌아보았더니, 신발 상자를 담은 비닐 봉투 밑바닥이 찢어져서 상자를 하나씩 흘리면서 가고 있었다. 새벽이 되어 정신은 비몽사몽이고 몸은 지쳐서 박스가 새는 것도 모르고 버스 시간을 맞추느라 앞만 보고 걸었던 것이다. 그 아저씨들이 나를 보지 못했으면, 신발을 죄다 흘려서 박스 한두 개만 남은 빈 봉투만 들고 갈 뻔했다. 마침 가게 앞을 지날 때였기에 아저씨는 커다란 대봉을 들고 나오셔서 길에 흘린 신발을 주워 새 봉투에 다시 넣어주셨다. 전혀 상관없는 사람의 일이었는데. 아저씨 눈에는 작은 여자가 신발 박스를 담은 커다란 봉투를 들지도 못하고 질질 끌고 가는 모습이 안돼 보였나 보다. 진심으로 눈물 나게 고마웠다. 몇 번이나 감사하다는 인사를 했지만, 버스 시간 때문에 음료수 한 병 사드리지 못하고 길을 재촉했다. 그날의 고마움을 잊을 내가 아니다. 그다음 서울에 갔을 때 음료수를 사 들고 신발 상가를 가는 길에 일부러 들러서 감사 인사를 드렸다.

서울 사람들은 깍쟁이들이 많고 이기적이고 차갑다는 선입견이 있었지만 동대문에서 만난 상인 아저씨들은 경상도 사투리를 쓰는, 체구가 작은 여자들에게는 친절한 것 같았다. 내가 만난 사람들 대부분이 그랬다. 그런 따뜻한 경험 때문인지 동대문이 무섭지 않았다. 이후 나는 신발을 들고 갈 엄두가 나지 않아 청계천 신발 상가를 포기했다. 대신 이윤을 좀 적게 남기고 의류 상가에 입점해 있는 신발 매장에서 편하게 고르고 배달까지 받았다. 단가 2,000원이 비싼 이유는 내가 이미 경험했기 때문에 몸까지 버려가면서 아낄 수는 없었다.

나중에는 사입 삼촌들도 청계천 신발 상가까지는 가지 않는다고, 택배로 물건을 받으라고 했다. 세상에 만만한 일이 없다는 것을 알아가고 있었다. 그렇지만 힘든 와중에도 보람되고 즐거웠다. 화물비 3,000원을 우습게 여기지 못하는 것도 역시 배운 것 중 하나다. '티끌 모아 태산이다' 또는 '티끌은 모아도 티끌이다'라는 말들이 있다. 그러나 남의 눈에는 티끌로 보이는 것들이 정작 당사자에게는 그렇지 않은 경우들이 있다는 사실도 기억해야 한다.

간혹 손님들 중에도 이미 할인하여 꼭 받아야 하는 금액을 말해도 뒷자리 몇천 원까지 마저 깎아달라고 하는 분들이 있다. 이럴 때는 정말 마음이 힘들다. 장사는 이런 2,000~3,000원이 모여서 이윤을 남기는 것이다. 그런데 그것을 깎자고 히면 그것이 얼마나 힘든지 알았으면 좋겠다. 우리가 화물비 3,000원, 그리고 신발 단가 2,000원을 아끼려고 고생한 일들을 생각하면 2,000원~3,000원을 깎아줄 수가 없다. 그러니 손님들도 이해해줬으면 좋겠다.

세상에 많은 직업이 있다. 그러나 나는 내가 하는 분야 외에는 관심이 없었다. 시야가 줍기도 했거니와 당장 알아야 할 이유가 없는 것에는 관심을 가지지 않는 성격 탓이기도 했다. 평소에 다방면으로 많은 정보를 다양하게 가진 사람들을 보면 참 신기했다. 나는 머릿속이 복잡해 일일이 생각하지 않는 편이니까. 무언가 궁금한 것이 생기고 알아야 할 일이 생기면 그때서야 알아보곤 했다.

그런 내가 생전 처음 해보는 일, 그것도 평소에 관심도 없었던, 도전하리라고는 단 한 번도 생각지 않은 장사를 시작한 것이다. 그러니 모든 것이 더욱더 생소할 수밖에. 옷장사를 하려면 직원으로 일해본 다음 내 가게를 차리거나 평소에 관심을 가지고 정보를 수집한 다음 일을 시작할 텐데, 나는 참 용감했다. 어쩌면 아무것도 모르고 시작해서 걱정도 덜했는지 모른다. 동대문은 힘들었지만 신나고 즐거운 곳이었다. 밤새 내가 좋아하고 입고 싶은 옷을 몇백만 원어치나 고르고 사는데 어찌 즐겁지 않을까? 힘도 들었지만, 늘 내가 입고 싶은 옷을 마음껏 골랐고 새 옷을 입는다는 생각으로 눈을 반짝거리면서 동대문을 활보했다.

7. '장차'를 타고 서울로 떠나는 여행

　여행(旅行)이란 '일이나 유람을 목적으로 다른 고장이나 외국에 가는 일'이라고 사전에 나와 있다. 사전적 의미로 보자면 내가 팔 물건을 사기 위해 서울을 가는 일도 여행이라고 할 수 있을 것이다. 나는 여행을 좋아한다. 그만큼 여행 산문집을 읽는 것도 좋아한다. 최근에는 김영하의 산문 〈여행의 이유〉를 흥미롭게 읽었다. 하지만 그중에서도 내가 제일 좋아하는 책은 이병률의 여행 산문집이다. 〈끌림〉은 작가 이병률이 1994년부터 2005년까지 약 10년 동안 50개국 200여 도시를 여행하면서 남긴 글이다. 단순히 여행 기록문이 아니라, 여행을 하면서 보고 듣고 느끼고 만나는 사람들에 대한 이야기와 감정들을 마치 한 편의 서사시처럼 페이지마다 펼쳐놓았다. 〈내 옆에 있는 사람〉, 〈바람이 분다 당신이 좋다〉는 제목만으로도 설레는 책이었다. 이병률의 〈끌림〉을 읽고 언젠가 내가 찍은 사진을 함께 넣어서 이런 여행 산문집을 쓰고 싶었다. 그 전에 동대문 상가를 다니면서 쓴 나의 글도 여행 이야기처럼 전해졌으면 좋겠다. 거창한 여행지를 다녀온 것도 아니고, 서울을 일하기 위해서 다녔지만 평범한 주부들이 경험하기 쉽지 않은 생활이기에 내가 다닌 곳에 대해서 여행이라는 생각으로 글을 쓰고 있다.

첫 서울행. 밤을 꼬박 새우고 새벽 5시가 가까워지는 시간. 구매 대행자들이 상가 앞에 모아두었던 옷 보따리들을 대형 버스에 싣고 있었다. 전날 저녁 8시에 오픈한 매장들은 하나둘 마감 준비를 한다. 자정에 오픈하는 상가는 다음날 정오까지 일한다. 그래서 우리처럼 먼 지방에서 온 사람들은 새벽 5시면 출발하는 버스를 타고 내려와야 하지만, 인근 수도권 상인들은 새벽에 일찍 나와서 장을 보기도 한다. 저녁에 오픈하는 상가는 퇴근 후에 와서 장을 보고 돌아간다. 지방에서 서울까지 물건을 하러 다닌다는 것은 예사 노동이 아니다. 그 노동의 대가와 교통비도 옷값에 포함되어야 하지만, 사실 지방이 물가가 더 싸다. 이 일을 해보기 전에는 이런 힘든 과정을 상상도 하지 못했다. 다른 세상의 이야기로만 생각했다. 그래서 서울로 가는 길이 늘 여행 같았을까?

새벽의 차가운 공기가 고스란히 전해진다. 일을 마친 상인들이 하나둘 버스에 오른다. 출발할 때의 꽃단장했던 모습들은 온데간데없고 밤새 공기도 답답한 밀폐된 상가에서 시달린 모습들이다. 지치고 힘들고 잠은 오고 다리는 통통 붓고. 얼굴에는 화장기가 사라지고 어느덧 피곤함이 덧칠되어 있었다. 다른 사람들의 모습을 보면서 '지금 내 모습도 저렇겠구나' 싶은 생각에 서글픔이 밀려왔다. 이제 첫날인데 당장 다음부터 혼자 와야 한다고 생각하니 마음이 무거워졌다. 상인들을 태운 버스는 올라올 때의 인원과 동일한지 인원 파악을 한 뒤에 출발했다. 한쪽 하늘이 희미하게 밝아오는 듯 보이는 서울을 뒤로하고 버스 창가의 커튼을 닫고 무릎 담요를 얼굴까지 당겨 덮은 후 잠이 들었다.

밤새 정신없이 돌아다닌 것 말고는 내가 어떤 옷들을 샀는지 순미가 어떤 옷들을 골라주었는지 기억도 나지 않았다. 하지만 밤새 발이 붓도록 고른 옷들을 얼른 걸고 싶은 생각이 가득했다. 지쳐 있었지만 또 다른 설렘과 두려움이 있었다. 손님들을 맞이해야 하는 일이 기다리고 있었기 때문이다. 첫 서울행은 이렇게 마무리됐다.

두 번째로 서울을 가야 할 때가 되었다. 이번에는 혼자 가야 한다. 2주간의 장사를 어떻게든 해냈다. 어떤 물건을 사야 할지 수시로 고민하면서 늘 계절을 앞서가야 함을 잊지 않아야 했다. 서울에 간다는 안내문을 걸어두고 장차를 탔다. 아는 사람이 없어서 서먹서먹했다. 삼촌에게 되도록 맨 앞자리 혼자 앉는 자리를 달라고 부탁했다. 공기도 다르고 자리도 넓었기 때문이다. 무엇보다 조용했다. 잠을 자두어야 하는데 뒷자리는 좀 시끄러워서 작은 소리에도 신경이 날카로워졌다. 아무리 여행 가듯 간다고는 했지만 수면을 방해하는 소리는 피곤했다. 나는 버스 멀미 때문에 잠을 자야 했는데, 낯선 사람과 팔이 맞닿은 채로 서울까지 몇 시간을 붙어서 가는 것이 불편해 잠을 잘 수도 없었다.

혼자 가는 서울행. 마음은 걱정과 긴장으로 왔다 갔다 했다. 가을이 점점 다가오는 바깥 풍경을 보며 '그래, 나는 지금 여행을 가고 있어' 하고 주문도 걸어보았다. 곧 휴게소에 도착했다. 출출하고 입이 궁금한데 혼자서 무엇을 먹어야 할지 막막했다. 이런 여행은 처음이니까. 살면서 한 번도 혼자 여행한 적이 없었기에 휴게소에서 혼자 무엇을 사 먹어본 적이 없었다. 그래도 이것도 한두 번 더 하다 보면 자연스럽게 할 수 있겠지. 결국 호두과자 한 봉지를 사서 버스에 올랐다. 휴게소에서 혼자 먹는 것보다 버스에 앉아서 먹는 것이 더 편했다.

이 여행에는 꼭 챙겨야 하는 것이 두 가지 있다. 하나는 보조 배터리다. 일을 하다 보면 핸드폰 배터리가 금방 닳는다. 또 하나는 현금 카드다. 돈이 늘 모자라기 때문에 필히 챙겨야 한다. 돈을 충분히 챙겨 가는데도 옷을 보면 욕심이 생겨 결국 예산을 초과하고 만다.

서울에 도착하니 사람들이 버스에서 내려 우르르 흩어지고 있었다. 순미랑 딱 한 번 와본 나는 어디부터 가야 할지 막막했다. 길치인 나는 동서남북 구분도 못할 정도로 방향 감각이 전혀 없었다. 일단 수첩에 적어둔 곳부터 찾아갔다. 한 번 가본 곳인데도 어느 상가가 어디에 있는지 몰라 눈앞에 두고도 헤맸다. 근처에 다 몰려 있는데도 눈에 들어오지 않았다. 수첩을 들고 매장을 방문하며 겨우겨우 낯선 곳에 적응해갔다. 다행히도 이전에 순미와 오랫동안 친분이 있던 매장에서는 나를 기억하고 반겨주었다.

서너 번 가는 동안 우리 상가에 숙녀복 매장을 하는 두 동생과 친해지게 되었다. 동생들과 함께여서 서울 가는 길이 조금씩 편해졌다. 휴게소에서 간단하게 분식을 같이 먹는 것이 좋았다. 혼자라는 어색하고 외로운 여행이 아니어서 좋았다. 서울에 도착하면 단골로 가는 식당에서 같이 밥을 먹고 일을 시작했고, 중간에는 매점에서 만나 음료나 간식 등으로 허기를 채우며 잠시 쉬기도 했다. 일만 하는 것이 아니라 함께 휴식도 취하면서 음료나 간식을 먹을 때는 같이 여행 온 기분이 들기도 했다. 전국의 상인과 중국 상인까지 많아지면서 사람 구경하는 일도 재미있었다. 중국 상인들을 위한 옷을 만들어 파는 매장들도 늘기 시작해서 화려한 디자인과 알록달록한 색상의 옷들이 많아졌다. 우리나라 경기가 안 좋아지면서 중국인들을 상대로 하는 매장들이 더 활기차 보이기도 했다. 하지만 장차를 타는 일만큼은 점점 힘들어졌다.

8. 여동생, 나 하나만 믿고 옷 가게를 시작하다

내가 직장 생활을 하고 있을 때 여동생은 전업주부였다. 그런 동생은 늘 작은 숙녀복 가게를 하고 싶어 했다. 이미 12~13년 전의 일이다. 마산에서도 끄트머리인 신마산에 살 때였는데, 아파트 상가나 주변 상가에 임대로 나와 있던 작은 옷 가게들을 알아보고 있었다. 하지만 상가만 알아보고 다닐 뿐 막상 시작을 못 했다. 못하는 이유들만 늘어놓고 추진하지 못하는 것이었다. 이 상가는 이래서 고민이고, 저 상가는 저래서 고민이었다. 어떤 상가는 비싸고 어떤 가게는 싸기는 한데 위치가 별로인 것 같다고 했다. 한동안 주춤하다가도 병이 도지듯이 다른 지역에 옷 가게를 알아보고 다녔다. 주말이면 여동생 부부를 따라 가게 자리를 같이 보러 가기도 했다. 여동생과 달리 나는 장사에 전혀 관심이 없었다. 직장이 있었기 때문에 그랬을 것이다. 그냥 내 스타일과 맞는 집에서 예쁜 옷을 사 입는 것으로 만족했다. 여동생은 옷 가게를 하고 싶다는 말을 수년째 하고 있었기 때문에 가게를 보러 다닐 때마다 그냥 시작하라고 말해주었다. 하지만 동생은 시작하기도 전에 생각이 너무 많았다. '잘 안되면 어쩌지?' 이것이 가장 큰 고민이었다. 여동생은 잘 선택을 못하는 데다가 미리 걱정부터 하는 사람이었다. 매번 같은 말을 반복했다.

"언니야, 이 가게는 어떻노?"

"할까?"

"응. 해라."

"안되면 우짜지?"

"그걸 우째 알겠노?"

"하지 마까?"

"그리 걱정되면 하지 마라."

늘 이런 식이었다. 수년째 반복된 것 같다. 그러다가 언젠가부터 잠잠해지면서 옷 가게를 하겠다는 이야기를 하지 않았다. 겁 많은 동생은 낯선 일을 혼자 시작하는 것이 두려웠으리라.

그런데 뜻하지 않게 내가 우연한 기회로 장사를 시작하기로 결정한 것이다. 그것도 단 이틀만 고민하고 말이다. 내가 옷 가게를 하게 되었다고 말하자 여동생은 충격을 받았다. "진짜가? 내가 하고 싶었는데"라면서 부러움을 드러내기도 했다.

"만날 작은 옷 가게 하고 싶다고 말만 하고 몇 년째 시작도 못 했잖아."

"니는 좋겠다. 나도 하고 싶다."

여동생은 이때부터 우리 집 단골이 되었다. 우리 가게에 자주 드나들던 여동생은 내가 하는 것을 보고 용기가 생겼는지 어느 날 옷 가게를 하겠다며 점포를 얻었다. 역시 여동생은 내 '따라쟁이'였다. 여동생은 그렇게 나 하나만 믿고 옷 가게를 시작했다. 처음 서울 동행하는 것부터 나와 함께했다. 동생은 나처럼 권리금을 주고 가게를 얻지 않았다. 내가 서울 갈 때 따라다니면서 일을 배울 생각이었던 것이다. 하지만 나도 아직 초보인 데다가 가게도 바빠서 남을 챙길 여유가 없었다. 그 당시에는 경기가 좋았고 우리 가게도 내 손님들이 많이 늘어난 터였다. 상가 안에서 손님이 제일 많은 가게라고 소문이 날 정도로 인기 있는 옷 가게가 되어 있었다. 장유에서 여자들이 우리 가게를 모르면 '간첩'이라는 말이 나올 정도였다. 이런 우리 가게에 옷을 사러 놀러 오던 여동생이 질투가 안 날 수가 없었다. 결국 같이 서울을 다니면서 내가 순미에게 배운 것을 가르쳐주어야 했다. 여동생은 처음부터 계속 나와 동행했다. 내가 언니라는 이유로 나를 귀찮게 했다. 힘들게 서울 가서 하룻밤 만에 필요한 것들을 다 사와야 했는데, 혼자서 발 빠르게 쫓아다녀도 늘 시간이 부족했다. 게다가 걸음이 느린 동생까지 챙기려니 피곤함은 두 배였다. 언제까지 이래야 하나 속상하고 짜증이 나기도 했다. 사정을 잘 모르는 사람들은 남도 아닌데 좀 도와주면 어떠냐고 말했지만 그러기엔 나의 현실이 빡빡했다.

하루는 일이 자꾸 처지자 다리 아파서 힘들다는 동생을 매점에서 쉬라고 하고 다른 상가로 건너가는 자정에 만나자고 했다. 각자 알아서 일하자는 것이었다. 동생도 언제까지 나와 같이 다닐 수는 없었다. 순미도 한 번만 동행해 주었고 두 번째부터는 나 혼자 다녔는데, 동생도 자기가 직접 필요한 것을 보고 고르고 사야 한다고 생각했다. 서울에는 같이 올라가더라도 일할 때는 각자 다니면서 해야 일도 빨리 배울 수 있을 것 같아 잠깐 동생을 버렸다. 그랬더니 혼자서 울었다고 한다. 사실 내 마음도 편치 않았다. 혼자 다니라고는 했지만 동생이 계속 신경 쓰였던 것이다.

"그러게, 장사라는 것이 쉬운 일이냐고."

"나는 정말 생계형 일이지만 니는 심심해서 시작한 일이잖아. 니하고 내하고 같나?"

"나는 바쁘고 힘들다."

시간이 부족하자 동생에게 짜증을 많이 부렸다. 어떤 때는 상가에 들어서면서부터 "니는 니대로 다녀라. 나는 나대로 돌아보고 한 시간 뒤에 다시 입구에서 만나자" 이런 식으로 헤어지기도 했다. 시무룩해진 동생은 마지못해 무거운 발걸음을 옮기곤 했다. 하지만 잠시 돌다 보면 바로 내 앞에 동생이 보이기도 했다. 그러면 결국 같이 다녔다.

이게 끝이 아니었다. 물건을 해오고 나면 그다음 날부터는 시도 때도 없이 전화를 하는 것이다.

"언니야, 너 거는 어떻노?"

"뭐가 어때?"

"우리는 아무도 가격도 안 물어본다. 이거 안 나가모 우짜꼬?"

"아무래도 이거는 잘못 해왔는갑다. 괜히 샀네."

이런 이야기를 일일이 들어주기에 나는 너무 바빴다. 하지만 손님이 없어서 전화한 동생에게 바쁘다는 말을 할 수도 없었다. 중요한 전화인가 싶어 받으면 역시나 비슷한 이야기를 했다. 결국 짜증을 부리며 전화를 끊었다. 이런 과정을 반복하고 난 후 언제부터인가 동생은 물어보는 일이 줄어들었다.

'그래, 아픈 만큼 성숙해지는 거야' 하고 생각했지만 여동생이 가끔 그때의 이야기를 한다. 들어보면 나에게 서운했던 것과 내가 동생에게 섧게 한 것만 기억하는 것 같았다. 나 역시 초창기에 혼자 서울에 간 날 결국 화장실에서 눈물을 흘렸던 적이 있다. 낯선 곳에서 혼자 밤을 새우며 일하다가 지치고 낯선 사람들 속에서 마음도 힘들고 눈에 들어오는 옷도 없었다. 그러다 화장실에 가서 거울 속 내 모습을 보는데 눈물이 났다. 결국 화장실에 들어가서 문을 잠그고 소리 없이 울었다. 초보 사장님 시절 여동생과 내가 그랬듯이 누구나 한 번쯤은 이런 경험이 있을 것 같다. 나이만 먹었지, 마음은 여렸고 초보인 사장님이었으니까.

여동생과 서울을 같이 다니면서 좋았던 점이 더 많았다. 처음에는 귀찮기도 했고 티격태격 다투기도 했지만 다른 사람과 동행하는 것보다 훨씬 마음이 편했다. 동생이 나에게 많이 의지한다고 생각했지만, 같이 서울을 다닐 때 혼자가 아닌 둘이어서 좋았던 것을 생각해보면 나에게도 여동생은 많은 의지가 되었던 것 같다. 둘이 기차를 타고 서울을 다닐 때는 늘 여행 가듯이 다녔다. 동생만큼 편한 동행은 아마 앞으로도 없지 않을까.

9. 무엇을 타고 가든, 중요한 건 나를 세우는 자존감

동대문 상가에서 밤새 일을 마치고 언제나처럼 장차를 탔다. 성수기라 상인들도 만석이었다. 그러다 보니 밤새도록 구매한 물건이 엄청났다. 버스 아래 짐칸에 다 싣지 못해서, 우리가 탄 좌석 옆 통로에까지 실렸다. 상인들은 이미 버스에 다 탔건만 짐이 너무 많아 삼촌들은 땀을 뻘뻘 흘리며 마지막 힘을 쓰고 있었다. 작업 중이라 버스는 계속 문이 열려 있었다. 새벽 공기는 쌀쌀했다. 출발하기 전에 잠을 잘 준비를 했다. 의자를 뒤로 한껏 눕히고 목에 머플러를 두른 다음 무릎 담요를 턱 밑까지 당겨서 서늘한 새벽 공기를 차단했다. 짐을 다 실어야 버스도 문을 닫고 출발할 텐데, 유난히 써늘하게 느껴졌던 새벽이었다.

피로가 몰려와서 얼른 자고 싶은데 물건은 끊임없이 실리고 있었다. 버스의 맨 뒷자리 통로부터 차곡차곡 쌓이기 시작한 옷을 담은 포대들은 내 옆까지 쌓이더니 앞자리까지 꽉 채웠다. 의자를 뒤로 눕히자 꾹꾹 다져진 옷 포대가 내 눈높이에 와 있었다. 옷 포대에서 나오는 먼지에 숨을 쉴 수가 없었다. 마스크도 없어서 턱 밑까지 덮었던 무릎 담요를 눈 밑까지 끌어당겨 호흡기를 가리고 누웠다. 피난 버스도 아닌데 이런 옷 포대 속에 묻혀 타고 간다니. 어찌 보면 별거 아니었다. 새로운 경험이고 재미있다고 생각할 수도 있었다. 언제 이런 경험을 해볼 수 있을까? 처음에는 약간 즐기기도 했다. 무언가 치열함을 느끼고 희열을 느끼기도 했던 것 같다. 밤새 물건을 사고, 그 물건을 가득 실은 버스에 몸을 싣고 흔들리며 돌아오는 길.

하지만 이런 경험을 몇 번 하고 나니 두려움이 생겼다. 옷 포대들과 함께 실려 올 때는 목숨을 담보로 한 기분이었다. 과적 차량으로 혹시나 잘못된다면? 끔찍했다. 만약 교통사고가 난다면 너무 많은 짐 때문에 버스는 전복될 것이고, 그러면 짐짝에 눌려 압사부터 당하지 싶었다. 지금도 장차를 생각하면 그 기억부터 먼저 떠오른다. 걱정도 잠시, 몸이 피곤하니 그 짐 더미 속에서도 잠이 들었다. 버스가 심하게 회전하는 느낌이 들어 불안함에 눈을 떠 보면 휴게소로 들어가는 중이었다. 옷 포대를 밟고 나가 버스에서 내렸다가 옷 포대를 밟고 구부려서 자리로 돌아왔다. 지금은 경험하고 싶어도 경험할 수 없을 것 같지만. 버스는 다시 출발하고 우리는 또 잠이 들었다. 밤새 너무 힘들었으니 올라갈 때 소곤거리던 사람들도 내려올 때는 모두 잠이 든다. 어디선가는 코 고는 소리도 들린다. 창밖은 서서히 밝아지고 있었다.

   초창기에만 장차를 타고 이후로 지금까지 장차를 안 탔기에 지금은 다를 수도 있다. 혹시나 이 글을 읽고 선입견을 갖지 않기를 바란다. 9년째 이 일을 하고 있지만 장차가 사고 났다는 소식은 아직 들은 적이 없으니. 어쩌면 내가 너무 예민하고 까다로운 탓일 수도 있다. 게다가 요즘은 옛날만큼 상인들이 많이 안 올라가고 물건을 그렇게 많이 싣고 오지도 않는다. 그만큼 경기가 안 좋기 때문에 장차에도 손님이 많이 없을 것이다.

   이후 여동생과 나는 한동안 장차 대신 우등버스를 타고 다녔다. 장차보다 안전했으며 승객이 많지 않아 조용하고 쾌적했고, 여행 가는 기분을 좀 더 만끽할 수 있었다. 장차는 같은 일을 하는 사람들만 모여서 타고 가는 것이라 일하러 가는 기분이 들었지만, 우등버스를 탈 때는 느낌이 달랐다. 우리가 가고 싶은 날 아무 때나 갈 수도 있었다. 하지만 늘 그렇듯이 단점도 있었다. 갈 때는 좋지만, 우등버스를 타고 돌아오려면 일을 마치고 지친 상태로 새벽 택시를 타고 강남터미널까지 가야 했다. 상인들이 많을 때는 택시 잡기도 힘들었다. 게다가 우등버스는 첫차 출발 시간이 늦었다. 장차는 새벽 5시면 출발하는데 강남에서 타는 우등버스는 새벽 6시가 넘어서 출발했다. 강남터미널에 도착하면 첫차가 출발할 때까지 한 시간 이상 시간이 남았다. 그럴 때마다 우리는 터미널 지하에 있는 사우나를 이용했다. 개운하게 샤워를 마치고 돌아오면 버스에서 쾌적하게 잘 수 있었지만, 가게에 도착하면 이미 오전이 다 가버렸다.

그래서 이제는 버스 대신 KTX로 바꾸자고 의논을 했다. 처음에는 일반실을 타고 갔는데, 사람들이 많이 타는 시간이어서 시끄러웠다. 좀 자두어야 밤새 일을 할 수가 있는데…. 돌아올 때도 잠시나마 몸을 눕히기가 쉽지 않았다. 버스처럼 의자를 젖힐 수도 없었고 앞자리와의 간격도 비좁았다. 게다가 새벽에도 기차를 타고 이동하는 사람들이 정말 많았다. 새벽 첫 기차로 창원까지 오는 동안 많은 사람이 출근을 하는지 내리고 탔다. 기차는 역마다 서서 방송을 했기에 매번 시끄러웠다. 그래도 나는 너무 잘 잤다. 비행기, 버스, 기차 뭐든 타면 잠을 잘 자는 나. 하지만 여동생은 예민해서 잠을 거의 못 잤다. 그래서 다음부터는 특실에 타기로 했다. 가격은 비행기값과 맞먹었지만 쾌적하고 넓고 조용해서 좋았다. 게다가 빨리 가고 안전했다.

KTX 특실을 타기 시작하면서 우리는 늘 맛있는 도시락을 포장해갔다. 기차 안에서 마치 비행기에서 기내식을 먹는 듯한 분위기를 맘껏 즐겼다. 여행 가는 것처럼 설레고 좋았다. 둘이서 셀카를 찍고 소곤거리며 대화를 할 수 있는 기차여서 반 정도는 이야기를 나누면서 가다가 잠시 눈을 붙였다. 일을 마치고 서울역에 오면 새벽 5시에 첫 기차를 탈 수 있어 빨리 집에 도착했다. 두세 시간이라도 편안한 침대에 누워서 잘 수 있는 것이 좋았다.

어디를 가든 사람이 제일 무서웠다. 서울역이나 강남터미널에서 혼자 택시를 타는 일은 겁나는 일이었다. 그것은 여동생도 마찬가지였다. 그래서 우리는 둘이 다녀도 무서울 때가 있었다. 택시가 우리가 아는 길이 아닌 다른 길로 가면 둘이 불안한 눈빛만 주고받으면서 기사님께는 말도 못 꺼내고 앉아 있기도 했다. 하지만 몇 년간 아무 사고 없이 서울을 잘 다녔다. 여동생과 함께 다니던 그때는 여행 가듯이 즐기면서 다닐 수 있었고, 그 덕에 좋은 추억으로 남아 있다. 만약 내가 계속 혼자 다녔다면 맛있는 도시락을 기차 안에서 먹지도 못했을 것이다. 그리고 낯선 대도시에서 택시를 타고 이동하지도 못했을 것이다. 아마 계속 장차를 이용했겠지?

일하러 다니면서 자존감이 떨어지면 마음이 힘들어졌다. 스스로 초라하다고 느껴질 때도 있었다. 그럴 때마다 옷 가게 사장님으로 서울로 출장을 간다는 것을 떠올렸다.

내가 서울로 가는 이유는 사업차 거래처들을 방문하러 가는 것이었다. 나를 지키는 자존감은 꼭 필요하다. 새벽이 다가올수록 지친 지방 상인들은 계단 한쪽에 있는 휴게 의자에 앉아 졸거나, 눈이 푹 꺼진 채 넋 나간 모습으로 앉아 있기도 했다. 나이 드신 분들의 그런 모습은 꼭 내 모습처럼 느껴져서 싫었다. 그래서 나는 단 한 번도 그렇게 앉아서 졸거나 초라하게 있던 적이 없었다. 나를 꿋꿋하게 지키는 힘은 중요한 거니까.

옷 가게 '슈가'로 어서오세요

나 아닌 다른 사람들은 모두 행복해 보이던 때가 있었다. 유독 나만 자꾸 수렁으로 빠지는 심정이었다. 그런 마음으로 하루하루가 지겹고 힘들었던 적이 있었다. 그런 시간들을 어떻게 지나왔는지, 어느새 나는 50대를 넘기고 있었다. 그런데 그것도 금세 어떻게 지나갔다. 갱년기라는 것이 왔다 갔는지, 아니면 지금 진행 중인 건지. 설마 아직 안 온 것은 아닐 텐데… 바쁘게 살고 내 삶에 집중하다 보니 오늘을 치열하게 살고 있다.

옷 가게 만 9년째. 아이들이 대학을 다 마치고 나니 양 어깨를 짓누르던 무게감이 한결 가벼워졌다. 이제 두 딸아이가 좋은 사람을 만나서 잘 살아주기만 하면 걱정은 없겠다. 그런데도 우리에게는 아직 불확실한 노후가 남아 있다. 허투루 살아본 적이 없었던 나, 그리고 우리들. 이만큼 무탈하게 살아온 것에 그냥 고맙다. 중간에 고비도 있었고 아프기도 했지만 극복할 수 있는 위기와 아픔이어서 얼마나 감사한지 모른다. 언제부턴가 그냥 '감사합니다'라는 말이 입에 붙었다. 혼잣말로 뭐든 감사하다고 말하고 있다. 들리든 안 들리든 오늘 하루 우리에게 아무 일도 일어나지 않음을 감사하다고 말하고 있다.

일에 쫓기듯이 살아왔던 지난 시간 동안 아이들이 잘 자라준 것이 항상 고맙다. 두 딸에게 나는 늘 바쁜 엄마여서 다른 엄마들처럼 해주지 못했던 것이 많았다. 그래서 글을 쓰기 시작했다. 글을 쓰는 것은 잊고 살았던 내 꿈이기도 했다. 직업과 꿈은 다르다. 베스트셀러나 화려한 글을 쓰고픈 마음은 처음부터 없었다. 그냥 내가 작은 소망 하나 품고 살아온 이야기를 들려주고 싶었고, 누군가에게 도움이 되는 글을 쓰고 싶었다.

지난 한 해를 보내고 새해를 맞을 때마다, 마지막 날에는 '올해는 유난히 빨리 지나갔어'라고 말한다. 그 말 속에 허무하게 보냈다는 후회는 없다. 대부분의 사람이 바쁘게 또 열심히 살아왔다는 것을 알고 있다. 대단한 성과나 업적을 이루지는 못했지만 작은 목표 하나를 이루었고 지금 내가 하는 일과 나의 위치에서 최선을 다했다면 그것만으로도 충분히 애쓰며 살아온 것이다. 눈에 보이는 커다란 결과만이 우리가 노력하며 살아온 흔적은 아닐 것이다. 분명히.

'누군가의 가슴에 따뜻한 기억으로 남는 사람이 되었던 일', '나 자신과 했던 작은 약속 하나 지키며 살았던 지난 세월', 그리고 '내가 맡은 일에 최선을 다하며 성실하게 살아온 시간' 등…

자기 일을 열심히 하면서 하루하루 성실하게 살아가는 일상이 가장 큰 목표일지도 모른다. 거창한 일들은 그런 일을 하고 싶어 하거나 지금 하고 있는 사람들의 몫으로 넘겨주고 우리는 소소한 행복을 찾으면서 자신의 자리에서, 없어서는 안 될 '약방의 감초' 같은 소중한 사람으로 살아갔으면 좋겠다. 살면서 힘 빠지고 속상했던 일을, 뜻대로 되지 않아 좌절하기도 했던 시간을 붙들고 있지는 말자.

최근에 '희망 고문'이라는 말을 들었다. '희망'이라는 단어를 품은 것이 고문처럼 느껴지는 시간을 보내본 사람은 그 뜻을 알 것이다. 내가 보낸 시간 중에도 '희망 고문' 같은 시간이 분명 있었다. 그때의 나는 책을 읽으며 머릿속 가득한 분노와 원망들을 잠재우고 식히면서 지나왔다. 희망이 고문이 되는 일은 없어야 한다. 그러려면 희망을 없애야 할까? 하지만 희망 없이 무슨 의미로 살아갈까. 갈수록 줄어드는 '희망'이라지만 소박하고 작은 꿈 하나쯤은 가지고 살아야 하지 않을까?

이 공간에서 우리 단골손님들과 얼마나 같이 나이 들어갈지는 모른다. 그래도 함께하는 동안은 즐겁고 행복한 '긍정 바이러스'를 덤으로 전해주고 싶다. 내 힘이 닿는 한 옷을 사가면서도 행복해지는 옷 가게를, 오래오래 유지하고 싶다.

다多, 괜찮아 시리즈 01

엉뚱하고 자유로운
글쓰기도 괜찮아 8,800원

잘 쓰고 싶은데 왜 안 써질까?

"글쓰기로 개과천선"

사람들은 글쓰기를 잘하고 싶다면서
마치 특별한 글쓰기의 비결이라도 있는 줄로 착각한다.
글쓰기는 요령의 문제가 아니라 사실은 삶의 문제다.
글을 잘 쓸 수 있는 삶을 살아야 하는 것이다.
요령이 아니라 삶을 고민해야 한다.

다多, 괜찮아
시리즈

다多괜찮아, 시리즈 02

뻔하고 발랄한
에세이도 괜찮아 8,800원

읽을 땐 쉽지만 쓸 땐 왜 어려울까?

"에세이로 환골탈태"

글쓰기는 모방만으로 완성되지 않는다.
글쓰기는 표현이고 창조.
당신은 글 쓰는 로봇이 되고 싶은가,
아니면 글 쓰는 나 자신이 되고 싶은가?

다 多, 괜찮아 시리즈 어떤 내용을 담고 있든 간에 '나'만이 쓸 수 있는 글이라면 다, 괜찮다고, 말하고 싶습니다.
다, 괜찮아 시리즈는 다양한 형태의 글쓰기를 환영합니다. 그것이 어떤 이야기이든, 당신만의 이야기라면 귀 기울여 듣겠습니